诗词颉聚

爱国诗词选辑

余元钱 编著

学习出版社

图书在版编目（CIP）数据

诗词类聚 ：爱国诗词选辑 / 余元钱编著 ． -- 北京 ：
学习出版社，2025. 2. -- ISBN 978-7-5147-1297-1

Ⅰ．I22

中国国家版本馆 CIP 数据核字第 2024JL9722 号

诗词类聚
SHICI LEIJU
——爱国诗词选辑

余元钱　编著

责任编辑：苏嘉靖
技术编辑：刘　硕
装帧设计：和物文化

出版发行：学习出版社
　　　　　北京市崇外大街11号新成文化大厦B座11层（100062）
　　　　　010-66063020　010-66061634　010-66061646
网　　址：http://www.xuexiph.cn
经　　销：新华书店
印　　刷：北京联兴盛业印刷股份有限公司

开　　本：710毫米×1000毫米　1/16
印　　张：17.25
字　　数：173千字
版次印次：2025年2月第1版　2025年2月第1次印刷

书　　号：ISBN 978-7-5147-1297-1
定　　价：56.00元

如有印装错误请与本社联系调换，电话：010-66064915

　　原版《中华爱国诗词选》于 2004 年出版，迄今已过 20 年。于此 20 年间，世界时局、国内形势均发生很大变化；人群结构、新老代际，亦有很大不同；人们之理念情趣，求知之趋向目标，多有迥异。对此种种新变，学习出版社深入考量，提出再版新思路。

　　编辑部建议更书名为《诗词类聚——爱国诗词选辑》，并提出修订意见：深入贯彻落实习近平文化思想，践行"两个结合"，赓续中华文脉，推动中华优秀传统文化走进大众、走入课堂，激发人民群众的爱国主义精神。通过此次再版，使内容更加生动、结构更加合理、外观更加时尚，更符合当下读者的阅读习惯和审美旨趣。

　　基于此，对原版诗词选进行较大幅度再版整饬。

　　其一，提纲撮要，分类启导。

　　依据本书之爱国情愫这条基线，对全书进行统览综考，钩玄猎秘。按不同侧重点，将全书分为 8 部分。如【纵眸环宇　擘画江山】【蒿目时艰　拯溺救危】【砥柱中流　旋转乾坤】等。此乃此次再版之最大调适。原版仅按时代先后统编，无清晰眉目，茫然一片，读者莫知适从。此次之分类启导，既能从宏观上揭示全书内涵，又能起到导读作用。

其二，专列注释，豁然解惑。

注释，乃阅读、理解古典诗文必先之重举。然而，原版诗词选之注释全都湮没于析文之中，难觅所处，不便理解原诗。此次专列于正文之下，对应解读，一目了然。一是将混同于原版析文之中所有注释，单独立条列出；二是原版无注者，重新加注；三是原版注释条文不完备者，增条补充；四是文字有欠妥者，修订完善；五是有疑义之字词，则多方查寻权威典籍校正厘定。明晰注释，为此次再版第二要措，使其更有利于破解诗中典故、史事、地迹、人缘，以及僻语、偏词、秘籍、奥义等，意义不容小觑。

其三，简约析文，廓清脉络。

原版对解析、注释，写作背景及作者介绍，不分区畛，混而为一。今按编辑部设想，除将注释全将移出、另列词条、自立一款之外，对析文亦重新酌缀。主要为剔除枝蔓，简约析文；条分缕析，明晰脉络。每首或逐联，或逐片阐解，不紊而络清，使其井然于眉、明然于目。析文之后，则进行点睛式评点。或揭示其内容主旨，或点明其艺术特色，或推介其写作方法，或生发其弦外之音。

其四，订正舛误，祛除病恙。

经详细查勘，原版错讹较多。其中有历史人物姓名误植的，有重要古今人物生卒时间错示的，亦有错置而违反格律，致平仄不叶、对仗失谐者，更有误植而使内容变异的，还有因认知有失而致篡改经典之误，等等。诸如此类者，不仅使读者不知所云，而且不明诗中应有之义，对内容产生误读、误解。

此次再版，竭力避免重蹈。有别风淮雨，则正其讹误；见夏五郭公，悉补其残缺。所能体察之病恙，均已祛除。此亦乃一厥功也。

其五，举目点睛，彰显主旨。

如前所言，此次再版最大调适，是将混沌未开之篇，钩玄提要，分类列纲为八大部分。而与此相适应，根据编辑部要突破旧有按部就班观念提示，则将各部分有代表性诗词放置于前，以示点睛。例如：将张巡《守睢阳作》置于【矢志许国 视死如归】之前，把毛泽东《沁园春·雪》放在【纵眸环宇 擘画江山】之顶，将岳飞《满江红·怒发冲冠》提到【胸挟风雷 浩气凌云】之上，等等。这也是此次再版在思想观念上一次突破性飞跃，颇有先声夺人之功，更有利于吸引读者品鉴。

以上数端，乃此次再版踵事增华主要梗概。

回溯往昔，原版《中华爱国诗词选》于 2004 年出版之后广得声誉。然而，世事沧桑，陵迁谷变；居诸迭运，时过境迁。经过 20 年岁月磨洗，本书亦亟须适应时代之嬗变，图新升华。以上所列再版缘由之数端，便是在编辑部指导下，鼎新革故之再造。

自然，由于尘事繁纷，心力不逮，可能尚有枘凿方圆，未合新风雅之所求。倘有此肇者，敬请方家不吝赐教，以共襄盛举。

余元钱
2024 年 5 月 25 日初稿于厦门文馨园

目录

怀揣天下　舒卷风云

心系黎民　笑对艰危

胸挟风雷　浩气凌云

蒿目时艰　拯溺救危

肝胆相照　匡义济时

砥柱中流　旋转乾坤

矢志许国　视死如归

守睢阳作

张 巡

接战春来苦，孤城日渐危。

合围侔月晕，分守若鱼丽。

屡厌黄尘起，时将白羽挥。

裹疮犹出阵，饮血更登陴。

忠信应难敌，坚贞谅不移。

无人报天子，心计欲何施。

◇ **注 释**

1. 张巡（公元 709—757 年）：邓州南阳（今河南南阳）人，一说是蒲州河东（今山西永济）人。唐代安史之乱中壮烈殉国的英雄。唐玄宗开元进士，天宝中为真源令。安史之乱起，他兴兵抗敌，给叛军以沉重打击，后与许远同守睢（suī）阳（今河南商丘），被困经年。在敌军重重包围下，坚守危城，屏蔽江淮，表现了坚强意志与牺牲精神。后因粮断城陷，与南霁云等 36 人同时遇难。他博览群书，为文操笔立就，《全唐诗》存其诗 2 首。

2. 睢阳：唐郡名，故城在今河南商丘，是江淮屏障，也是江淮租赋的通道，战略地位十分重要。

3. 鱼丽（lí）：古阵法。

4. 陴（pí）：是城上有射孔的矮墙。"登陴"指登上城墙。

5. 厌：同"压"。

6. 黄尘：指叛军攻城时扬起的尘土。

7. 白羽：白色羽毛装饰的用于指挥的旗子。

解 析

此诗写于公元 757 年睢阳保卫战之际。安史之乱起，安禄山在攻陷洛阳之后，即派重兵进攻睢阳，企图切断唐王朝的经济命脉，但未能成功。公元 757 年春正月，安禄山之子安庆绪又驱所部 10 余万人，继续围攻睢阳，守将许远向张巡告急，张巡即从他所在的宁陵引兵入睢阳与叛军血战到冬天，粮尽援绝城陷被俘，张巡切齿骂叛贼，壮烈牺牲。此诗生动而真实地记录了孤城危急时所进行的艰苦卓绝的保卫战，抒发了自己以身许国的壮志。

首联两句描写睢阳守城艰苦迎战、孤城渐危的形势。

二联两句描写双方攻守阵势，说敌军如同月亮周围的晕圈一样严密包围睢阳，而守军则用鱼丽阵法来分兵把守。

三联两句描写保卫战战况，守军屡次打退敌军进攻。

四联两句描写战士杀敌情景，守军将士包扎好伤口还要去出阵，流血更要登城坚守。

五联两句描写将士誓死报国的信心和决心：忠信之将士，理应不可战胜；坚贞之意志，决不动摇。

六联两句感叹时危势孤、难挽危局的困境。意思是说没有人能向朝廷报告孤城被围的消息，援绝粮尽则一切计谋也无法实施了，因此决心壮烈牺牲，以身报国。

就义诗

张煌言

义帜纵横二十年，岂知闰位在于阗。

桐江空系严光钓，震泽难回范蠡船。

生比鸿毛犹负国，死留碧血欲支天。

忠贞自是孤臣事，敢望千秋青史传。

◆ **注 释**

1. 张煌言（公元 1620—1664 年）：字玄著，号苍水，浙江鄞（yín）县（今浙江宁波）人。明末著名的民族英雄和爱国诗人。崇祯举人，曾任兵部尚书。明崇祯、弘光亡后，他在宁波起义抗清，与张名振、郑成功等多次会师北伐，"三度闽关，四入长江，两遭覆没"，历尽千辛万苦，坚持抗清斗争19 年。直到清康熙元年（1662 年），永历帝殉难，郑成功病故，深感"震泽（太湖）难回范蠡船"，才解散余部，隐居浙东一个小岛。后由于叛徒出卖被捕，清廷多次劝降，他却严词拒绝，始终不渝其志，慷慨就义于杭州，终年 44 岁。清初一些历史学家评论他复国斗争时间之长、之艰苦，超过宋末的文天祥。张煌言写了数百篇诗词，绝大多数都是发扬民族正气的浩歌，反映了斗争的艰苦过程和坚贞不屈的英雄气概，大义凛然，才气横溢，具有很高的思想性和艺术性。

但清王朝严禁印行他的诗文，直至 1901 年才由章太炎初次刻印。新中国成立后出版诗文集《张苍水集》。

2. 二十年：张煌言抗清首尾共 19 年，此取概数。

3. 闰位：不正统的朝代，《汉书·王莽传》："紫色、蛙声、余分、闰位，圣王之驱除云尔。"闰，偏、副，相对于"正"而言。

4. 于阗（tián）：古西域国名，在今新疆和田一带，此借指清廷。

5. 桐江：在浙江建德市梅城至桐庐境内。

6. 空系：空想，空怀或说空有系怀之心。

7. 严光：字子陵，会稽余姚人。少时和刘秀同学，刘秀当东汉皇帝后，让他当官，拒不接受，归隐富春江。钓：代指钓鱼台。富春江滨，有东西二台，东台传为严子陵垂钓处。

8. 震泽：太湖。范蠡：字少伯。曾协助越王勾践灭亡吴国，功成身退，退游于太湖。

9. 鸿毛：大雁的羽毛，喻事物极轻微或不足道。司马迁《报任安书》："人固有一死，或重于泰山，或轻于鸿毛。"

10. 负国：辜负国家。

11. 天：古时作为君、父、夫代称。《左传》："箴尹曰：'君，天也。'"此指明王朝。

12. 贞：忠诚坚贞。《后汉书·王允传》："诚以允宜蒙三槐之听，以昭忠贞之心。"

13. 孤臣：孤立无援的臣子。柳宗元《入黄溪闻猿》："孤臣泪已尽，虚作断肠声。"

14.敢望：哪里敢希望，即不敢希望。

　　张煌言于清康熙三年（1664年）八月初十殉国，此诗即在就义前，由宁波解往杭州时写的。

　　首联感叹他20年斗争的失败，让异族僭越帝位。

　　颔联借用典故，说明国土沦丧，已无百姓的安居之处。这两句是说：在清廷统治之下，即使想要像严光那样归隐山林，像范蠡那样退游太湖，也只能是空想，难以做到。

　　颈联转写自己对生死的态度。不能负国而苟活；要为支天（含有江山社稷之意）而捐躯洒血。这两句是说：活在世上不能报国，还辜负国家，那真比鸿毛还轻；为了支撑皇天，免于倾圮，就应该不惜洒碧血而死。

　　尾联表明为国捐躯的心志。这两句是说：为国尽忠是我这个孤臣的本分，哪里还敢希望牺牲后青史留名。

　　"就义"这首诗，写出张煌言的失败之憾，亡国之恨；更写出他甘于为国牺牲，不为青史留名的可贵的民族气节和崇高的精神境界。"忠贞自是孤臣事，敢望千秋青史传。"掷地有声，气凌霄汉。如果说，文天祥的"人生自古谁无死，留取丹心照汗青"，令千古景仰；那么张煌言这两句诗，不也值得世代崇尚吗？甚至可以说他在继承文天祥的民族精神基础之上，更有所升华、有所发扬，更为我中华民族不为功名利禄的崇高精神注入新的灵魂。

　　《张玄著先生事略》谓，张临刑前，步履从容，神态自若，他坐竹轿至江口，从轿中步出，见江上青山夹岸，赞叹曰："大好山色！"即呼拿笔墨来，写下叠韵五律绝命诗，付与刽子手。

从《就义诗》到《绝命诗》，都可以看出张煌言为国家早已置生死于度外，洵不愧为民族英雄、爱国典范。

载　驰

许穆夫人

载驰载驱，归唁卫侯。

驱马悠悠，言至于漕。

大夫跋涉，我心则忧。

既不我嘉，不能旋反。

视尔不臧，我思不远。

既不我嘉，不能旋济。

视尔不臧，我思不閟。

陟彼阿丘，言采其蝱。

女子善怀，亦各有行。

许人尤之，众稚且狂。

我行其野，芃芃其麦。

控于大邦，谁因谁极。

大夫君子，无我有尤。

百尔所思，不如我所之。

◆　**注　释**

1. 载：乃，助词。驰、驱：用鞭子赶马跑。悠悠：形容路途遥
   远。漕：漕邑，在今河南滑县。

2. 嘉、臧：嘉许、称善、赞成。旋反：回返。旋济：立即回

渡。閟（bì）：止息、终尽。

3. 蝱（méng）：药名，即贝母，可治抑郁症。善怀：多愁善感。亦各有行：各自有道理。尤之：责怪我。众稚且狂：斥责许国大夫是一群幼稚狂妄之徒。

4. 控：陈述。大邦：大国。因：亲近。极：到。

解　析

《载驰》选自《诗经·鄘风》，是一篇充满爱国热情的诗章。许穆夫人嫁到许国约10年，她的宗国卫国被狄人打败、卫君被杀，宋桓公迎接卫国遗民渡河住在漕邑，立其兄戴公为卫君，戴公立一月而死，又立其次兄文公。按照当时礼制，妇女出嫁后，其父母已死，则不能再回娘家，国亡君死则更不当回。她听到卫亡消息，不顾许国君臣的阻挠，坚决返卫，吊唁卫君，并向亲近卫国的大国齐国求援，使卫得到齐桓公的帮助而复国于楚丘（今河南滑县），表现了她崇高的爱国主义精神。《载驰》就是她返回漕邑期间创作的悲愤动人的爱国诗章。许穆夫人因此也成为我国古代诗坛上第一位留下姓名的爱国女诗人。

头6句为第一章，描写许穆夫人由许国（今河南许昌附近）向漕邑进发的情景，并对许国大夫阻挠表示忧愤。第一章的大意是说，我（许穆夫人）快马加鞭，远道奔到漕邑吊唁卫侯，许国的大臣们远道跑来想把我追回，我很忧愤。

接下8句为第二章，叙述许穆夫人对许国大夫剖白心迹。全章大意是说，你们许国大夫虽然都不嘉许我回卫国吊唁，但我不能回车渡河返许，因为我的决定未必不是远见卓识，我的行动不能终止。

再接下 6 句为第三章，描写许穆夫人对许国君臣的无端责怪进行驳斥。全章大意是说，女子善怀，自可登山采贝母之药医治；思亲怀国，怎可视为过错；如此责怪，实在是幼稚狂妄之徒。

最后 8 句为第四章，描写许穆夫人车马进入漕邑时的所见所思所感。所见："芃芃（péng）其麦。"茂盛的麦野。所思："控于大邦，谁因谁极。"是哪个国家和卫国亲近，就到哪个国家去陈述原委，请求援助。所感："百尔所思，不如我所之。""无我有尤"，不要以为我有什么过错。"百尔所思"，你们（许国大夫）上百个主意。"不如我所之"，都不如我自己选定的主张。其最后 4 句，女诗人以藐视许国大夫的口吻十分自豪地为自己面临危难挺身而出的爱国义举，发出掷地有声、振聋发聩的心声。

据载，齐国最终派兵出援卫国，抗击狄戎，帮助卫国复国于楚丘。可见此诗的作用多么巨大，许穆夫人的爱国义举，何等令人钦佩！

许穆夫人是《诗经》中少数有名姓可考的作者之一。她是卫国国君夫人宣姜的女儿，许国国君穆公之妻。据汉刘向《列女传·仁智传》记载，许穆夫人少年即有爱国之志。其父要将她嫁给许国国君穆公为妻，她提出愿嫁大国齐国国君，如此，当国家有难时，可请齐国援助。但其父不允，还是把她嫁给了小国许国国君。

国 殇

屈 原

操吴戈兮被犀甲，车错毂兮短兵接。

旌蔽日兮敌若云，矢交坠兮士争先。

凌余阵兮躐余行，左骖殪兮右刃伤。

霾两轮兮絷四马，援玉枹兮击鸣鼓。

天时怼兮威灵怒，严杀尽兮弃原野。

出不入兮往不反，平原忽兮路超远。

带长剑兮挟秦弓，首身离兮心不惩。

诚既勇兮又以武，终刚强兮不可凌。

身既死兮神以灵，魂魄毅兮为鬼雄。

◇ **注 释**

1. 屈原（约公元前 340—约前 278 年）：名平，字原，又自名
   正则，字灵均，战国时期楚国人。我国最早的伟大爱国诗
   人。早年以博闻多识、明于治乱、娴于辞令、富有才干而受
   到楚王的信任，任左徒、三闾大夫等职；后为怀王幼子子兰
   以及同僚上官大夫所谗，怀王昏庸无察，渐被疏远。不久顷
   襄王继位，他因反对投降派媚秦误国，又被令尹子兰诬陷，
   放逐江南，长期过着流亡生活。在流放期间，目睹百姓苦
   难，常行吟于泽畔，创作了不少忧国忧民的优秀诗篇。后来

眼见楚国日益腐败衰落，面临着被秦国灭亡的危机，而自己又感到无力回天，悲痛欲绝，遂投汨罗江（在今湖南）自尽。他的诗歌反映了当时的社会现实，充满了热情洋溢的爱国主义精神和崇高的思想品格，富有浪漫主义色彩，在我国古代诗歌中具有划时代意义。他的作品主要有《离骚》《九歌》《天问》《九章》等，全部收录于《楚辞》一书。其代表作为《离骚》，是我国古典文学宝库中最长的抒情诗。

2. 殇：原意是人未至成年而死。国殇，指为国捐躯的战士。

3. 凌：侵犯，此为冲进之义。躐（liè）：践踏。骖（cān）：古代战车用四马，左右两匹叫骖，中间两匹叫服。殪（yì）：死。霾：同"埋"。縶：绊住。援：拿起、举起。枹（fú）：鼓槌。怼：怨恨。

4. 忽：辽阔渺茫。超远：遥远。挟秦弓：带着秦地产的强弓。惩：戒惧、害怕。

解 析

《国殇》为《九歌》中的一篇。《九歌》原是沅湘之间流行的一组很古老的乐歌，相传是夏后启从天上偷到人间来的。屈原的《九歌》是根据古老的乐歌"见而感之"，"更定其词"，进行再创造的，以"寄吾忠君爱国眷恋不忘之意"（南宋·朱熹）。屈原的《九歌》共11篇，"九"不是确数，是多的意思。《国殇》是其第十篇，是一篇追悼殉国将士的诗。

开头4句为第一章，以浓墨描写战场阵势与前仆后继、殊死搏斗的情景。大意是说，手执吴地制造的良戈，身披犀牛皮铠甲；战车交错，短兵相接；旌旗蔽日，敌兵云集；流矢交相坠落，兵士们争先杀敌。这一章写得极有声势，生动形象地描绘出士兵争先恐后、英勇抗敌的顽强精神，可歌可泣。

接下6句为第二章，以悲怆之笔描写爱国将士浴血抗敌的惨烈局面。本章大意是说，敌人冲进我军阵地，践踏了我军行列；战车左马战死，右马又伤；战车两轮陷入泥中，四马被缰绳绊住；军帅击鼓冲锋；直杀得上天怨恨、神灵震怒，敌我死伤殆尽、弃尸遍野。

再接下4句为第三章，以深沉的笔触描写年轻的战士抱定必死的决心，义无反顾地去誓死保卫祖国的英雄行为。"出不入"与"往不反"互文，是说将士出征，决心以死报国，不打算再回来。本章大意是说，将士出征了就决心不再回来，平原辽阔、路途遥远也难以阻挡战士杀敌决心；带好剑和秦产良弓奔赴战场，身首分离也不害怕和后悔。

最后4句是第四章，以满怀敬仰之情赞颂战士们的英勇威武、刚强不屈以及他们的不朽精神。大意是说，确实是既英勇又顽强，始终具有凛然不可侵犯的刚强气概；你们身躯虽然死了，但精神不朽，威灵显赫，魂魄坚毅，成为鬼中之英雄。

这首《国殇》所宣传的捐躯报国精神，使后世诗人及爱国志士产生了强烈的共鸣。如三国才子曹植《白马篇》："捐躯赴国难，视死忽如归"；南北朝诗人鲍照《代出自蓟北门行》："投躯报明主，身死为国殇"；明代民族英雄陈子龙诗："国殇毅魄今何在？十载招魂竟不知"；现代诗人柳亚子也有诗："飘零锦瑟无家别，慷慨欧刀有国殇"；等等。

白马篇

曹　植

白马饰金羁，连翩西北驰。

借问谁家子，幽并游侠儿。

少小去乡邑，扬声沙漠垂。

宿昔秉良弓，楛矢何参差。

控弦破左的，右发摧月支。

仰手接飞猱，俯身散马蹄。

狡捷过猴猿，勇剽若豹螭。

边城多警急，虏骑数迁移。

羽檄从北来，厉马登高堤。

长驱蹈匈奴，左顾凌鲜卑。

弃身锋刃端，性命安可怀。

父母且不顾，何言子与妻。

名编壮士籍，不得中顾私。

捐躯赴国难，视死忽如归。

◆　注　释

1.曹植（公元 192—232 年）：字子建，三国谯（qiáo）郡人，
曹操第三子，曹丕的胞弟。封陈王，谥"思"，世称"陈思
王"。他"生乎乱，长乎军"，自幼聪慧，有才华，为曹操

所宠爱，曾想立他为太子。但由于他"任性而行，不自雕励"，终不得立。曹丕为帝后，他备受猜忌、压迫，屡遭贬爵、徙封，很不得志，最终郁郁而死。曹植是建安时代杰出的诗人，其诗以五言为主，"骨气奇高，词采华茂"，对五言诗的发展贡献甚大。他的诗代表了建安文学的特色和成就。宋人辑有《曹子建集》。

2. 金羁：金色的马络头。

3. 幽并：幽州（今河北一带）和并州（今山西、陕西一带）。

4. 垂：同"陲"。边陲。

5. 楛矢：楛木做的良箭。

6. 左的：射中靶子。

7. 月支：白色靶子。

8. 马蹄：黑色的靶子（名马蹄）。

9. 螭：似龙的猛兽。

10. 羽檄：传递警报。

11. 高堤：防敌工事。

12. 匈奴、鲜卑：少数民族名。此代指当时的敌兵。

【解　析】

《白马篇》是乐府歌辞。此诗又题《游侠篇》，是曹植早期作品。此诗以铺陈扬厉手法，塑造了一个武艺超群的少年英雄形象，赞美他英勇杀敌、以身殉国的忠贞品格，反映了青年诗人渴望为国建功立业的豪情壮志。

全诗 28 句，可分为两大部分。

前 14 句为第一部分，主要描写少年游侠儿的英武潇洒形象。大意是说，幽州、并州的少年游侠儿骑着白马结伴向边陲进发；他们英勇善战，身挎良弓和楛木做的良箭，左边射中靶子，右边也射中白色靶子（月支）；抬手射中飞猱，俯身射碎黑色的靶子（名马蹄）；其灵活敏捷超过猴猿，勇猛轻快像豹和螭。

后 14 句为第二部分，主要描写少年游侠儿为国捐躯、视死如归的精神。大意是说，边城多次传来紧急情报，传递敌人不断改变进攻路线的消息；游侠儿接到紧急情报立刻策马奔上高堤（工事），直追敌兵匈奴，向左看压倒敌兵鲜卑；既然名列边防军簿籍，则父母、妻子、自己生命全不顾及了，一心杀敌而已。

最后两句"捐躯赴国难，视死忽如归"，为全诗点睛之笔，千古警句，集中体现了全诗的爱国主义精神。

矢志许国
视死如归

代出自蓟北门行

鲍　照

羽檄起边亭，烽火入咸阳。

征骑屯广武，分兵救朔方。

严秋筋竿劲，虏阵精且强。

天子按剑怒，使者遥相望。

雁行缘石径，鱼贯度飞梁。

箫鼓流汉思，旌甲披胡霜。

疾风冲塞起，沙砾自飘扬。

马毛缩如蝟，角弓不可张。

时危见臣节，世乱识忠良。

投躯报明主，身死为国殇。

◆　注　释

1. 鲍照（约公元414—466年）：字明远，南朝宋东海（今江苏涟水县北）人。曾任临海王刘子顼的前军参军、掌书记，故世称鲍参军。鲍照与颜延之、谢灵运同时，都以诗著称，合称"元嘉三大家"，是我国文学史上杰出诗人之一。他擅长乐府，七言诗对唐代诗坛影响很大，杜甫用"俊逸"来称赞他。他也擅长赋及骈文，有《鲍参军集》。

2. 羽檄：插上羽毛的军事紧急文书。

3. 咸阳：秦国都城，这里代指南朝宋都城建康，即今南京。

4. 征骑：征讨边寇的大军。

5. 屯：驻扎。

6. 广武：地名，在今山西省代县西。

7. 朔方：郡名，在今内蒙古自治区伊克昭盟西北部。

8. 筋：指弓。

9. 竿：指箭。

10. 遥相望：接连不断派出使者，在路上前后可以望得见。

11. 雁行：像大雁排成行一样。

12. 鱼贯：像游鱼前后相随一样。

13. 飞梁：飞跨两岸的桥梁。

14. 箫鼓：古代行军时演奏的军乐。

15. 流汉思：流露出汉民族的思想感情，即对国家和家乡的思念。

解析

"出自蓟北门行"，属乐府《杂曲歌辞》旧题。"代"，拟作、仿作之意。此诗虽属旧题，然而其内容是写敌人来犯，将士英勇奋战、誓死卫国的情景，是一首爱国诗。可以说是"旧瓶装新酒"，有新的创意。

头 4 句是写战争起因与朝廷派兵救危的情景。

接下 4 句写敌人精而强，朝廷怒而对的两军对垒阵势。

再下 4 句写大军出征迎敌的气势。

矢志许国 视死如归

19

又下来 4 句写战地恶劣的环境和战士们的艰辛情景。疾风劲吹，沙砾漫飞，马的毛缩着像刺猬，强弓也拉不开。

最后 4 句写战士们在危难时刻所表现的捐躯报国的爱国精神。

此诗是一首爱国的颂歌，与屈原《九歌》的《国殇》篇一样，生动形象地表现了将士们英勇奋战，不怕苦、不怕死的精忠报国的精神。

全诗气势凌厉，音节高亢，描绘生动，议论精彩，一扫南朝诗歌中靡丽之风，是鲍照诗中之杰作，也是南朝诗中的佳作。

咏荆轲

陶渊明

燕丹善养士，志在报强嬴。

招集百夫良，岁暮得荆卿。

君子死知己，提剑出燕京。

素骥鸣广陌，慷慨送我行。

雄发指危冠，猛气冲长缨。

饮饯易水上，四座列群英。

渐离击悲筑，宋意唱高声。

萧萧哀风逝，淡淡寒波生。

商音更流涕，羽奏壮士惊。

心知去不归，且有后世名。

登车何时顾，飞盖入秦庭。

凌厉越万里，逶迤过千城。

图穷事自至，豪主正怔营。

惜哉剑术疏，奇功遂不成。

其人虽已没，千载有余情。

注 释

1. 陶渊明（约公元 365—427 年）：字元亮，又名潜，字渊明，
   浔阳柴桑（今江西九江）人。东晋杰出的诗人。早年曾任江

州祭酒、镇军参军等小官，41 岁时任彭泽县令，因不满官场黑暗腐败，仅 80 余日就弃官归田，被后世尊称为"靖节先生"。他一生的重要作品，多半是归隐后写的，内容真切，感情深厚，体会独到深刻，堪称别创一格。钟嵘《诗品》评价他是"古今隐逸诗人之宗"。但他的诗也有歌颂坚强斗争精神的，如鲁迅所说的，表现"金刚怒目式"的另一面。《读山海经·精卫衔微木》《咏荆轲》等便是这一类诗的代表作。有《陶渊明集》，其中散文《桃花源记》最为有名。

2. 燕丹：燕国太子丹，原在秦国做人质，受到侮辱，逃回燕国后立志报仇。

3. 百夫良：能匹敌百人的杰出人物。

4. 素骥：白色良马。

5. 雄发指危冠：怒发冲冠之意。

6. 长缨：用来结冠的丝带。

7. 渐离、宋意：均为荆轲好友。

解　析

这首诗是歌颂荆轲的侠义精神的。作者对古代英雄战斗精神的热烈称赞，正反映了他自己反抗黑暗现实的思想。

开头 4 句写燕太子丹为刺杀秦王嬴政而招募到壮士荆轲的经过。燕国太子丹，原在秦国做人质，受到侮辱，逃回燕国后立志报仇，想找能匹敌百人的杰出人物，到年底时找到了荆轲先生。

接下 4 句写荆轲的君子之风，为报答知己，誓死前行。燕太子丹以白马送行，有穿孝之意。

再下 10 句具体描绘送别的悲壮场面。"雄发指危冠"，即怒发冲冠之意。太子丹在今河北易水之畔为荆轲设宴送行，荆轲好友高渐离击筑（似筝），宋意高唱，气氛悲壮。

又下 6 句写不顾生死、一往无前的出行气概，荆轲头也不回，乘车飞快奔向秦国。

最后 6 句写荆轲虽功败垂成，但英名流芳千古。在惋惜的同时，寄予无限敬仰之情。"图穷事自至"，荆轲见秦王时，说是献燕督亢地图，图卷内藏有短剑，当秦王把地图卷展开至尽头时，刺杀秦王之事就自然发生了。成语"图穷匕见"即由此而来。

此诗重在一个"咏"字，就是歌颂。它歌颂了荆轲的大义，歌颂了他的英勇，歌颂了他视死如归、不怕牺牲的精神。通过歌颂荆轲之功，呼唤英雄的再现，以图变革当时的黑暗社会。此诗叙事简洁，抒情真切，语言质朴，韵味隽永，有独到的艺术魅力。

咏煤炭

于 谦

凿开混沌得乌金，藏蓄阳和意最深。

爇火燃回春浩浩，洪炉照破夜沉沉。

鼎彝元赖生成力，铁石犹存死后心。

但愿苍生俱饱暖，不辞辛苦出山林。

◆ **注 释**

1. 于谦（公元 1398—1457 年）：字廷益，号节庵，浙江钱塘（今杭州）人。他是明代杰出的政治家和伟大的民族英雄，也是杰出的爱国诗人。23 岁中进士，32 岁任兵部右侍郎，巡抚山西、河南 19 年，清廉为政，关心民瘼，颇得民心。明英宗年间，由于宦官王振专权，朝政腐败，蒙古瓦剌乘机来犯，明王朝 50 万精锐部队在土木堡全军覆没，英宗（朱祁镇）本人也被俘，举国上下大为震动。于谦临危受命，被任为兵部尚书，坚决反对迁都南逃，并响亮提出了"社稷为重，君为轻"的口号，固守北京，指挥作战，挫败了瓦剌挟英宗入北京的阴谋。英宗复位后，于谦被陷害致死。直至明神宗万历年间，才为其平反，追谥"忠肃"。他的许多诗反映了关心人民疾苦、赤诚报国和清白自守的品格，有很高的思想性和艺术价值，在所谓台阁体诗盛行情况下，坚持现实主义传统。后人编辑他的诗文为《于忠肃集》。

2. 混沌：古人想象中世界生成以前的状态。此指煤炭所埋藏之地和所呈现的状态。

3. 爝（jué）火：小火苗。

4. 鼎彝：古代铜铸的烹饪器和酒器，是古代国家重器，有时也用来象征国家。

5. 元：通"原"，本来。

6. 死后：指煤炭燃烧成灰之后的状态。

解 析

这首诗借歌咏煤炭的品质和功用，抒发作者献身国家、服务人民的博大胸怀。

首联写煤炭的由来和品性。这两句是说，凿开茫茫浑浑的煤矿层，就可以得到乌金一样的煤炭；它蕴藏着像阳光那样的温暖，使人感到它的情意是深厚的。

颔联承"藏蓄阳和意最深"之义，具体从热与光两方面写煤炭的功能。这两句是说，寒冬燃起煤炭，能把广阔无边的春景召回；黑夜烧起煤炭，能冲破沉沉黑暗，带来光明。

颈联转写煤炭的创造力和献身精神。这两句是说，鼎彝等重器本来就是依赖煤炭之创造力而生成的，煤炭在制造鼎彝之后，依然保存着它那乐于献身的精神。

尾联以拟人法，写煤炭不辞辛劳的博大胸怀，寄托作者为国为民鞠躬尽瘁的精神。这两句是说，我唯一的希望是全天下的百姓都能得到温饱；若能如此，即便是历尽千辛万苦，我也不会推辞，从深山老林里走出来。

这首《咏煤炭》七律，是典型的咏物言志诗。它借咏物以抒怀，将煤炭的品质和功用作拟人化处理，以抒发作者关怀民生、献身国家的情怀。句句不离煤炭，却句句意在写人。咏物与抒情妙合无痕，构思极为精巧，与他的名诗《石灰吟》有异曲同工之妙。

纵眸环宇 擘画江山

沁园春·雪

毛泽东

北国风光，千里冰封，万里雪飘。望长城内外，惟余莽莽；大河上下，顿失滔滔。山舞银蛇，原驰蜡象，欲与天公试比高。须晴日，看红装素裹，分外妖娆。

江山如此多娇，引无数英雄竞折腰。惜秦皇汉武，略输文采；唐宗宋祖，稍逊风骚。一代天骄，成吉思汗，只识弯弓射大雕。俱往矣，数风流人物，还看今朝。

◆ 注　释

1. 沁园春：词牌名，又名"东仙""寿星明""洞庭春色"等。双调114字，前段13句四平韵，后段12句五平韵。雪：是本词的标题。
2. 莽莽：茫茫，无边无际，白茫茫一片的大雪。
3. 大河：黄河。
4. 顿失滔滔：顿时失去流动的水势，指已结冰。
5. 欲与天公试比高：指高山舞银蛇，高原驰蜡象，好像要与天帝一比高低。
6. 须：待、等。
7. 红装素裹：本指妇女装束。红装，红色的浓装或盛装；素裹，外穿着白色的丝绢。这里指红日与白雪相互映照的艳丽景色。

8. 折腰：原为拜揖，弯腰行礼。这里加一"竞"字，指历代英雄人物争着为江山奔走操劳。

9. "惜秦皇" 2 句：意思是说，秦始皇、汉武帝武功虽有一些，文治就不足了。

10. "唐宗" 2 句：意思是说，唐太宗李世民、宋太祖赵匡胤也是在文治方面稍有逊色。

11. "一代天骄" 3 句：说曾经建立过横跨欧亚两洲的大汗国的天之骄子成吉思汗元太祖铁木真，更是只善武而不善文了。

12. "俱往矣" 3 句：意思是说，都过去了，真正称得上能文能武的英雄人物的，还得看今天的无产阶级和人民大众。

解 析

　　这首词作于 1936 年 2 月。红军于 1935 年 10 月胜利完成二万五千里长征之后，为了抗日，红一方面军由陕北渡黄河东征进入山西，并准备开赴河北抗日前线。毛泽东正是在此时，以咏雪起兴，赞美祖国河山，评论祖国历史，歌颂祖国的今天和未来，写下了这首大气磅礴、兴会淋漓的古今绝唱。1945 年秋，毛泽东在重庆与国民党进行和平谈判，柳亚子先生索句，毛泽东手书此词以赠。

　　上片写景。借咏北国雪景，赞美祖国的大好河山。

　　下片咏史抒情。以秦皇汉武、唐宗宋祖、成吉思汗等，来概括说明所谓历代英雄，都不及当代的"风流人物"。

　　毛泽东的这首《沁园春·雪》，也是所谓咏物词。咏物词，历

纵眸环宇　擘画江山

来公认难作。宋代张炎说："诗难于咏物，词为尤难。体认稍真，则拘而不畅；摹写差远，则晦而不明。"（张炎《词源·咏物》）清代邹祗谟也说："咏物固不可不似，尤忌刻意太似。取形不如取神，用事不若用意。"（邹祗谟《远志斋词衷·咏物须神似》）如何掌握似与不似的分寸，这就是难处。

　　毛泽东这首《沁园春·雪》，恰好善于掌握这个分寸。上片写北国景色，工丽而又阔大，已把题中精蕴抉发无遗；下片由江山说到人物，旨深而又气豪，更是把题外远旨挥洒尽极。如果没有上片之"似"，则不成为咏雪词；如果没有下片之"不似"，也就没有被柳亚子先生誉为"千古词人共折腰"的咏雪词了。有人说，毛泽东此词，允称"扫空万古""横绝六合"，实非过誉之评。

大风歌

刘　邦

大风起兮云飞扬，
威加海内兮归故乡。
安得猛士兮守四方。

◇ **注　释**

1. 刘邦（公元前256或前247—前195年）：字季，沛县丰邑
  （今江苏丰县）人。陈胜、吴广揭竿起义，他在沛县起义响
  应，称沛公。秦亡，他与项羽争霸，最后消灭项羽而统一全
  国，于公元前202年建立汉朝，史称汉高祖。今存诗三首。
2. 大风、云：大风，刘邦自比。云，比喻敌人。

解　析

　　公元前195年刘邦平定了大将英布的叛乱，路过沛县顺便还
乡，邀集父老乡亲饮宴。酒酣时，刘邦击筑（古代一种敲击的弦乐
器，像筝）高歌，唱这首《大风歌》，表达巩固中央政权、维护国
家统一的豪情壮志。

　　诗中刘邦以大风自比，以云比敌人。大意是说，我像大风吹散
浮云一样打败了所有敌人（包括项羽和各路叛将），正当我的恩威

施加到海内的时候回到了故乡，怎么能得到更多的新的勇猛将士来守卫国家四方边疆，以保江山社稷永远安定太平啊！

诗的前两句充溢着平定叛乱后胜利的自豪感和踌躇满志的情怀，但是他看到边境仍有匈奴的不时侵扰，并没有醉心于胜利，而是居安思危，仍求贤若渴，所以后一句"安得猛士兮守四方"使全诗的意境为之一变，使诗的主旨得到了升华。作为开国之君的刘邦，他的豪迈情怀、雄伟气魄、宏大志向、远见卓识和忧患意识，在这首诗中得到了集中的体现。

蒿里行

曹　操

关东有义士，兴兵讨群凶。

初期会盟津，乃心在咸阳。

军合力不齐，踌躇而雁行。

势利使人争，嗣还自相戕。

淮南弟称号，刻玺于北方。

铠甲生虮虱，万姓以死亡。

白骨露于野，千里无鸡鸣。

生民百遗一，念之断人肠。

◆ **注 释**

1. 曹操（公元155—220年）：字孟德，汉末沛国谯郡（今安徽亳州）人，东汉末年著名政治家、军事家、杰出诗人。在汉献帝建安中任大将军、丞相，受封为魏王。死后，其子曹丕代汉即帝位，称魏文帝，尊曹操为魏武帝。曹操的诗反映了东汉末年战乱和人民的苦难，也表达了他的开明政治和国家统一的思想。诗风慷慨悲凉，气势雄浑，富有昂扬进取的豪迈精神。他的诗文对建安风格的形成和建安文学的发展起了重大作用。有《曹操集》。

2. 蒿里行：为汉代乐府歌曲名，原为挽歌，送葬时所唱。古代传说死人居住的地方叫蒿里，所以作挽歌通名。此借题咏时政。

3. 咸阳：秦都咸阳，此代指东汉京城洛阳。

解 析

东汉末年，军阀混战，人民深受其害。对此，曹操深怀感慨，便借"蒿里行"旧题以咏时事，遂成此诗。

开头4句写函谷关（在今河南新安县东）诸将举义兵征讨乱臣董卓的缘起和目标。诸将在盟津会师，"乃心在咸阳"，以秦都咸阳代指东汉京城洛阳，说大家讨贼是在对国家表示忠诚。

接下6句写盟津会师后，对讨董卓则有的踌躇不决，有的像雁行一样列队观望，之后又为争权夺利互相残杀，袁绍之异母弟袁术在淮南寿春称帝，袁绍则在北方阴谋废汉献帝而立幽州牧刘虞为帝（刻了玉玺）。这深刻地暴露了"义士"兴兵表示忠诚于国家的真面目。

最后6句写董卓作乱、军阀混战所造成的悲惨景象，沉痛地慨叹人民所遭受的战争苦难。这是全诗的核心，集中体现了诗人希望消除军阀混战、实现国家统一、让人民过上安定生活的思想。

七哀诗

王　粲

西京乱无象，豺虎方遘患。

复弃中国去，委身适荆蛮。

亲戚对我悲，朋友相追攀。

出门无所见，白骨蔽平原。

路有饥妇人，抱子弃草间。

顾闻号泣声，挥涕独不还。

"未知身死处，何能两相完？"

驱马弃之去，不忍听此言。

南登霸陵岸，回首望长安。

悟彼下泉人，喟然伤心肝。

◆ **注　释**

1. 王粲（公元 177—217 年）：字仲宣，山阳高平（今山东邹城西南）人。他容状短小，少有奇才。17 岁时避乱荆州，依附刘表 15 年未被重用。后归曹操，为丞相掾（yuàn，相府的署官），官至侍中。他博闻强记，精于数学、棋艺，长于诗赋，在"建安七子"中成就最高，被刘勰誉为"冠冕"，与曹植并称"曹王"。其赋以《登楼赋》最佳，其诗以《七哀诗》最有名。明人辑有《王侍中集》，今又有《王粲集》。

2. 西京：此指长安。

3. 豺虎：指猛兽，此指董卓部将李傕（jué）、郭汜（sì）等。

4. 遘患：制造祸乱。

5. 中国：中原，古代汉族以黄河中下游地区为中国。

6. 荆蛮：指荆州。周代称南方民族为蛮。荆州在南方，故称为荆蛮。

7. 追攀：亲友相送，攀着车辕恋恋不舍。

8. 霸陵：汉文帝陵墓。

9. 下泉：九泉之下。

解　析

《七哀诗》是兴起于汉末的乐府新题，王粲的《七哀诗》共有3首，此所选为第一首，是他16岁时的作品。东汉初平三年（192年）李傕、郭汜等人在长安叛乱。当时南方荆州未遭兵祸，荆州刺史刘表曾从王粲的祖父王畅受学，和王氏是旧交，所以王粲全家去依投。这首诗就是写他离别长安一路所见的离乱景象。

开头6句写避乱委身"荆蛮"，亲朋悲痛送别。

接下8句写路上所见白骨蔽平原、妇人弃子而去的悲惨景象。

最后6句写继续赶路，在登文帝陵，回望长安时所产生的感伤与渴望再出现像汉文帝、景帝时的太平盛世的复杂心情。

这是一篇完整而简短的叙事诗。它先写离别之因，继写送别之情，再写一路所见所闻的惨况，最后即景抒情，通过回望、回思，抒发对盛世的向往，对乱世的无比哀痛和愤慨之情，其"哀"何止为"七"？整篇布局自然，以叙事为经，以抒情为纬，叙中有议，情景交融，表现了深沉的忧国忧民的思想感情。

咏怀（其三十九）

阮　籍

壮士何慷慨，志欲威八荒。
驱车远行役，受命念自忘。
良弓挟乌号，明甲有精光。
临难不顾生，身死魂飞扬。
岂为全躯士，效命争战场。
忠为百世荣，义使令名彰。
垂声谢后世，气节故有常。

◆　注　释

1. 阮籍（公元 210—263 年）：字嗣宗，陈留尉氏（今河南尉氏）
人。魏末晋初杰出诗人，"竹林七贤"之一。他怀有济世壮
志，但不得其酬，只能谈玄纵酒，放浪形骸，以表达对现实
的不满和反抗，曾为此几乎被杀。他听说步兵校尉缺位，其
厨房内多美酒，营人善酿酒，于是求为步兵校尉，故世称
阮步兵。他的《咏怀》82 首，用隐晦曲折的笔调，抒发了
自己的抱负与苦闷，揭露与抨击当时的黑暗统治，对虚伪
的礼教也有所批判，但也流露出一些消极颓废思想。他的
散文《大人先生传》，情调昂扬，千古传诵。有辑本《阮步
兵集》。

2. 乌号：柘木弓，名乌号。

3. 常：此指常理、正道。

解　析

这首诗是阮籍《咏怀》82 首中的第 39 首，歌颂壮士胸怀大志、效命战场的爱国精神。

诗的前 6 句重点是描写壮士的威武形象和报国志向。大意是说，壮士是何等意气风发、斗志昂扬，他决心威震海外八荒之远；驾着战车奔向远方去服役，心怀忘我的精神；挎着柘木弓（名乌号），身披着闪闪发光的铠甲。

诗的后 8 句则写壮士效命沙场的精神。大意是说，壮士临恶战不惧怕，生是豪杰，死后魂魄也是鬼雄（魂飞扬），他们不是只顾保全性命的人，而是效命战场的英雄；他们的忠义将千秋百代彰显光荣、英名；他们留下声誉告诉后世，为国家英勇牺牲的气节是人间常理、正道。

阮籍《咏怀》82 首，内容庞杂，类似杂诗，非一时所写。有抒写壮志难酬的，有抒发对时政凋敝不满的，也有对封建礼教的虚伪性进行抨击的，还有流露人生无常、全身远害的消极出世思想的。上选这首则别出心裁，热情歌颂建功立业、为国献身的英雄壮士，词宏旨远，千古传扬。

咏史（其一）

左 思

弱冠弄柔翰，卓荦观群书。

著论准过秦，作赋拟子虚。

边城苦鸣镝，羽檄飞京都。

虽非甲胄士，畴昔览穰苴。

长啸激清风，志若无东吴。

铅刀贵一割，梦想骋良图。

左眄澄江湘，右盼定羌胡。

功成不受爵，长揖归田庐。

◆ **注 释**

1. 左思（约公元 250—约 305 年）：字太冲，西晋临淄（今山东临淄）人。出身寒门，少有壮志，仕途很不得志。他曾以 10 年时间写成《三都赋》，被洛阳人争相抄诵，一时为之纸贵。他的诗今存 14 首，抒发自己建功立业的抱负，揭露和讽刺门阀统治的腐败，显示出蔑视士族权贵的气概。诗风高亢豪迈，语言简劲，形象鲜明，在太康文学中别具一格，被南梁文学批评家钟嵘誉为"左思风骨"。作品主要见于《昭明文选》和《玉台新咏》。近人辑有《左太冲集》。

2. 弱冠：古时男子 20 岁束发加冠，以示成年，但身体尚未壮实，故称弱冠。

3. 柔翰：毛笔。

4. 卓荦（luò）：卓越。

5. 过秦：指西汉贾谊所著《过秦论》。

6. 子虚：指汉代司马相如所作《子虚赋》。

7. 苦鸣镝：苦于听响箭声，喻指苦于战争。

8. 羽檄（xí）：征召的文书，情况紧急时加插羽毛。

9. 甲胄士：指战士、军人。

10. 畴昔：往日、从前。

11. 穰苴（ráng jū）：田穰苴，春秋时代齐国著名的军事家，官
任司马。著有《司马穰苴兵法》一书。

12. 无东吴：目无东吴。

13. 铅刀贵一割：铅刀一割便钝，乃自谦之词，喻才能虽低，但
可一试。

14. 江湘：长江与湘水，为东吴领地。

15. 羌（qiāng）胡：当时在西北的羌族，常侵扰内地。

16. 长揖：拱手作揖告别。

解 析

《咏史》组诗共有 8 首。此为第一首，名曰"咏史"，但不专
咏古人古事，而是借以抒发自己的学识与抱负。

前 4 句写他的文才。大意是说，我从 20 岁起练习写作，读了
很多书，写评论文以贾谊《过秦论》为准，写赋则学习司马相如的

《子虚赋》。

第二个 4 句说明他亦通武略。这四句大意是，边城经常有羌胡、东吴来攻伐，我虽非军人，但我过去读过兵书，懂得兵法，愿从军效力。

第三个 4 句写他的壮怀与良愿。"无东吴"，目无东吴。时东吴未灭，国家未统一，以为大患。"铅刀贵一割"，铅刀一割便钝，乃自谦之词，喻才能虽低，但可一试，以实现自己为国杀敌的良愿。

最后 4 句表明他消灭东吴、平定羌胡之后，不愿受封而毅然归隐的心志。其最后两句点明为国立功而不受封爵的主题思想。

此诗塑造了一位志气豪迈、心胸坦荡、文武兼修的爱国者形象，令人为之肃然起敬。名为"咏史"，实乃咏怀，开辟了咏史诗创新蹊径，故刘勰说它"拔萃于《咏史》"。

拟咏怀（其二十六）

庾　信

萧条亭障远，凄惨风尘多。

关门临白狄，城影入黄河。

秋风别苏武，寒水送荆轲。

谁言气盖世，晨起帐中歌。

◆ **注　释**

1. 庾信（公元513—581年）：字子山，南阳新野（今河南新
   野）人。他是南朝梁中书令、诗人庾肩吾幼子。梁代时曾为
   东宫学士、建康令。后任散骑侍郎，封武康县侯。出使西
   魏，正值西魏灭梁，被迫留长安，历仕西魏、北周，官至
   骠骑大将军、开府仪同三司，故世称"庾开府"。早期在梁
   时，诗风华丽，以"宫体诗"与徐陵齐名，世称"徐庾体"。
   入北朝后，诗风变得苍劲沉郁，其艺术成就集六朝之大成。
   擅诗、赋、骈文。其赋《哀江南赋》最为著名，其诗《拟
   咏怀》影响颇大。杜甫有诗评曰："庾信平生最萧瑟，暮年
   诗赋动江关。"这里所说"诗赋"，主要便是指《哀江南赋》
   和《拟咏怀》诗。明人辑有《庾开府集》，清人有《庾子山
   集注》。

2. 亭障：指边防上的岗亭、堡垒。

3. 风尘：风沙。

4. 白狄：为春秋时北方狄族一支。

5. 帐中歌：此指项羽对宠姬虞姬在军帐中所唱悲歌。

解　析

《拟咏怀》共有 27 首，其作意与《哀江南赋》一样，以寄故国之思、乡关之念。阮籍有《咏怀》82 首，庾信虽曰"拟"，但并非仿作，且成就不在阮籍之下。著名诗评家余冠英说："阮诗寄易代之感，庾诗述丧乱之哀，各有千秋，不相高下。"这里所选为《拟咏怀》第 26 首，它描写了边塞风光，抒发了羁留异国的感慨。

第一、二句写边塞萧瑟风光。因亭障远在西北边防，人烟稀少，风沙极多，自然萧条荒凉。

第三、四句写亭障所处荒遥、危险的位置。关亭障门时就看见边疆的异族白狄。说的是面临异族纷扰、入侵之危险；"城影入黄河"，说的是临近黄河，面临黄河水患之险。

第五、六句借苏武、荆轲自喻，抒发自己出使异国，使命未成、竟不能返归故国的感慨。

第七、八句，用英雄被困之典，自叹被羁留北国的无奈与痛苦。据《史记·项羽本纪》载：项羽被困于垓下，夜闻四面楚歌，即起饮酒，对宠姬虞姬悲歌道："力拔山兮气盖世，时不利兮骓不逝。骓不逝兮可奈何，虞兮虞兮奈若何！"

此诗总体结构可分为两大部分：前 4 句以苍凉萧瑟笔调写边塞

风光，借以抒发羁留异国的抑郁之情；后 4 句通过对 3 位历史人物
（苏武、荆轲、项羽）的悲剧性结局的描写，含蓄而委婉地表达作
者内心对故国的愧疚、痛苦与无奈。

七律·到韶山

毛泽东

一九五九年六月二十五日到韶山。离别这个地方已有三十二周年了。

别梦依稀咒逝川，故园三十二年前。

红旗卷起农奴戟，黑手高悬霸主鞭。

为有牺牲多壮志，敢教日月换新天。

喜看稻菽千重浪，遍地英雄下夕烟。

◆ **注 释**

1. 别梦：指往事，离别的梦境。

2. 依稀：仿佛，模糊。

3. 咒：诅咒、痛恨，这里只是恨的意思。

4. 逝川：指一去不复返的流水。喻指消逝的年代。《论语·子罕》："子在川上曰：'逝者如斯夫，不舍昼夜。'"

5. 故园：故乡，指韶山。

6. 红旗：革命的旗帜。

7. 农奴：本指封建时代隶属于农奴主、没有人身自由的农业劳动者，此处借指旧中国受奴役的贫苦农民。

8. 戟：古代的一种刺杀武器，这里指梭镖，代指农民武装。

9. 黑手：喻指反动派。

10. 霸主鞭：指反革命武装。

11. 稻菽：稻是稻子，菽是豆子。泛指庄稼。

12. 英雄：此指新中国的农民。

13. 下夕烟：从黄昏时的炊烟和暮霭中归来。

解 析

《七律·到韶山》诗中前记虽短短两句，28个字，却表达了对故乡的无限深情，以历史的高度用如椽的大笔，为32年间韶山天翻地覆的巨变，掀开了史诗的序幕。诚如后来作者自释："通首写三十二年的历史。"

首联的"别梦依稀"深沉地抒写了诗人多少年来对故乡魂牵梦绕的怀念，"咒逝川"描绘作者对反动当局长期剥削、压迫故乡人民的岁月的诅咒之情，思绪错综复杂，细微深刻。

颔联的"红旗卷起农奴戟，黑手高悬霸主鞭"，不但诗化、形象地概括了在中国共产党领导下农民武装斗争，也象征了全国军民在那个时期的艰苦卓绝斗争。因此，"农奴戟"与"霸主鞭"的斗争，就不限于韶山地区的斗争，而是写全国军民反抗反动统治的武装斗争。

颈联的"为有牺牲多壮志，敢教日月换新天"是对韶山、湖南，乃至神州大地各族人民英勇斗争为国捐躯烈士的歌颂。"敢"字，用得遒劲、有力、贴切，它雄浑刚健地体现了共产党人敢于斗争、敢于胜利的大无畏的英雄气概。这也是对全国革命烈士的礼赞，是富有革命哲理的诗化警句。

尾联的"喜看稻菽千重浪,遍地英雄下夕烟",描绘了以稻菽为代表的农业生产金浪滚滚的丰收景象,田野农民在暮霭中劳动归来的喜悦。真是诗中有画,呈现出一幅当代农村新生活的风俗画。

全诗首联以"咒"字开篇,到尾联的"喜"字结句,妙笔天成,不只是写韶山,也是描绘新中国山河大地巨变的壮丽画卷,与作者其他诗词中的"换了人间""旧貌变新颜"有异曲同工之妙。

此诗作于 1959 年 6 月毛泽东回韶山时。韶山,一名韶山冲,在湖南湘潭西北 90 里,是毛泽东的故乡。1925 年 1 月,毛泽东从上海回到故乡韶山,建立中国共产党韶山支部,后又组织人民协会。1927 年 1 月,毛泽东在湖南考察农民运动时,又一度回到韶山。组织当地农民武装斗争。几经惨烈斗争,终于取得革命胜利。

1927 年后,直到 1959 年 6 月 25 日,毛泽东才得以返回阔别已久的故乡。自 1927 年离开家乡,已整整 32 年了。第二天大清早,他来到父母亲的墓地前,将一束松枝恭敬地放在坟前,深深地鞠了一躬,虔诚地说了一句:"前人辛苦,后人享福。"下山后,他走进老乡家,亲切询问他们的生活和故人的情况。当晚,在韶山宾馆里,毛泽东写下了《七律·到韶山》。1959 年 7 月,在庐山会议期间,毛泽东印发了这首诗。1963 年 12 月,这首诗收入《毛主席诗词》公开发表。

满江红·领袖颂

郭沫若

沧海横流，方显出英雄本色。人六亿，加强团结，坚持原则。天垮下来擎得起，世披靡矣扶之直。听雄鸡一唱遍寰中，东方白。太阳出，冰山滴。真金在，岂销铄？有雄文四卷，为民立极。桀犬吠尧堪笑止，泥牛入海无消息。迎东风革命展红旗，乾坤赤。

◇ **注　释**

1. 沧海横流：指霸权主义者掀起的反华恶浪。
2. 英雄本色：指毛泽东对于霸权主义施加的巨大压力，毫无畏惧，与之作针锋相对的斗争气概。
3. 披靡：原指草木随风偃倒，这里作倾塌解。
4. 寰中：寰球之中或寰宇之内。
5. 铄：熔化。
6. 雄文四卷：指《毛泽东选集》第一卷至第四卷。
7. 极：纲纪、准则之意。《尚书》："作汝民极。"
8. 桀犬吠尧：桀，为夏代暴君；尧，为夏代之前的圣君；桀犬喻指听命于霸权主义反华的人。
9. 泥牛入海：语出佛教著作《传灯录》，喻指一去不返，杳无踪迹。

10. 乾坤：天地，即世界。

解　析

　　这首词原有副标题《一九六三年元旦书怀》，歌颂毛泽东同志领导全党和全国人民，坚持独立自主的外交路线，顶住霸权主义对中国施加的压力，维护中华民族尊严的伟大壮举。

　　这是一首政治抒情诗。1963 年前后，当时的霸权主义掀起一股反华恶浪，一些听命于霸权主义指挥棒的"桀犬""泥牛"们也跟着大肆鼓噪，蠢蠢欲动，气势汹汹。于是作者写了这首《满江红·领袖颂》，对这段反华逆流，作了理直气壮、富有激情的揭露和批判，进而歌颂了毛泽东和中国人民的大无畏精神。毛泽东阅后，也写了一首《满江红》，题为《和郭沫若同志》。毛泽东的和词，不仅增添了诗坛上的一段佳话，而且表明郭沫若这首《满江红·领袖颂》在当时的政坛上、社会上所产生的巨大影响。"沧海横流，方显出英雄本色"，今天读来，依然让人感到心潮澎湃，意气风发。

【附】《满江红·和郭沫若同志》

毛泽东

　　小小寰球，有几个苍蝇碰壁。嗡嗡叫，几声凄厉，几声抽泣。蚂蚁缘槐夸大国，蚍蜉撼树谈何易。正西风落叶下长安，飞鸣镝。多少事，从来急；天地转，光阴迫。一万年太久，只争朝夕。四海翻腾云水怒，五洲震荡风雷激。要扫除一切害人虫，全无敌。

怀揣天下　舒卷风云

塞下曲

李 白

五月天山雪，无花只有寒。
笛中闻折柳，春色未曾看。
晓战随金鼓，宵眠抱玉鞍。
愿将腰下剑，直为斩楼兰。

◆ **注 释**

1. 李白（公元 701—762 年）：字太白，号青莲居士，祖籍陇西成纪（今甘肃天水附近），出生在中亚的碎叶城（今哈萨克斯坦境内巴尔喀什湖之南）富商之家。5 岁随父到绵州彰明县青莲乡（在今四川江油）。盛唐诗人的代表。早年在蜀读书漫游，走遍巴山蜀水，25 岁出蜀，希望实现"济苍生""安社稷"的大志，先后漫游洞庭、金陵、扬州、襄阳、洛阳、太原等地。唐天宝初年（42 岁），应诏赴长安，供奉翰林，由于对腐朽朝政不满，为权贵所不容，屡遭谗谤，乃弃官出京，以开封为中心，来往于齐、鲁、淮、泗和江东之间，并北至幽燕一带。安史乱起，出于爱国心，参加永王李璘军队，希望为平乱出力。后来因李璘和李亨为皇位相争，亨胜璘败，李白被流放夜郎（在今贵州省），途中遇赦，3 年后病死在安徽当涂。李白才气纵横，豪情四溢，其诗歌博大精深，或抒发抱负，或抨击权贵，或蔑视礼教，或揭露时弊，或歌咏祖国悠久历史，或描绘壮丽山川景物，表现了强烈的爱国主义精神。当然也有些诗受道家的影响，流露出消极颓废情绪。在艺术上，他的诗歌想象丰富，手法大胆夸张，语言深入浅出，风格豪迈爽朗，达到浪漫主义诗歌艺术的高峰。今存其诗990余首，有《李太白全集》。

2. 折柳：此指《折杨柳》曲子。

3. 金鼓：金，指金钲（zhēng）；鼓，指战鼓。是古代军中指挥器具，击鼓则进军，鸣金则收军。

4. 楼兰：汉代西域国名，后改名为鄯善。此代指唐代边境之敌。

解 析

这是一首边塞诗，李白共写有6首，此选第一首。诗写边塞生活的艰苦，表现戍边将士奋勇杀敌的英雄气概和爱国精神。

前4句写景，形象地表现了边塞的酷寒和肃杀。天山峰上终年积雪，人们只能在笛声中听到《折杨柳》的曲子，根本见不到柳绿花红的春色。

后4句写人，豪迈地表现戍边将士枕戈待旦、英勇杀敌的英雄气概。

此诗爱国主旨突出，艺术特色鲜明，尤其是结尾两句"愿将腰下剑，直为斩楼兰"，直抒胸臆，气势豪壮，音韵铿锵，极为形象地表达了誓死消除边患、为国立功的抱负与决心。

春 望

杜 甫

国破山河在，城春草木深。
感时花溅泪，恨别鸟惊心。
烽火连三月，家书抵万金。
白头搔更短，浑欲不胜簪。

◆ **注 释**

杜甫（公元 712—770 年）：字子美，自称少陵野老、杜陵布衣，祖籍襄阳（今湖北襄阳），后迁居巩县（今河南巩县）。早年南游吴越，北游齐赵，过着"裘马清狂"的生活。34 岁时抱着"致君尧舜上，再使风俗淳"的政治理想入京求仕，然进取无门，在长安闲居 10 年。不久，安史之乱爆发，举家避难鄜（fū）州（今陕西富县）羌村，后往灵武投奔唐肃宗李亨，被任为左拾遗。后因直言获罪，贬为华州司功参军。47 岁弃官入蜀，在成都浣花溪畔营建草堂，一度任检校工部员外郎，故世称"杜工部"。56 岁出川，在湖北、湖南漂泊，58 岁病死于湘水船上。杜甫生活于唐代严重动乱、由盛而衰的历史时期，他的诗广泛而深刻地反映了那个时期社会的急剧变化，深切地表达了他对国家安危的关注和认识，对人民苦难的同情和关怀，对祖国壮丽山川的无限热爱。其诗被称为"诗史"，其人被称为"诗圣"。杜诗的特色是以博大精深的思想内容和细致深入的表现方法相结合，语言凝练，形象鲜明，具有"沉郁顿挫"的独特风格。现存诗1400多首，有《杜工部集》。

解　析

公元755年12月，安史之乱起，756年6月叛军攻下唐都长安，玄宗逃亡入蜀，7月太子李亨在灵武（今宁夏灵武南）继位，是为肃宗。杜甫得闻消息，把家眷安置在鄜州（今陕西富县）羌村，去灵武投奔肃宗，途中为叛军所俘，带回长安，至次年春3月仍未被放，他感于国破家别，写了这首五律。

首联写所见到国破人非的春景。大意是说，京都长安沦陷，国破虽山河依存，但已一无余物；春天的城内外草木虽繁茂，但人迹已稀。

额联承上而以拟人手法抒写伤时恨别的忧情。大意是说，花感国破时局也溅泪，鸟恨别离也惊心；或可理解为诗人见花伤国破而流泪，闻鸟声恨离别而惊心。诗人伤时之深，恨别之切，既为国家而忧虑，也为家人而担心。

颈联由近转远，感叹烽火不熄、家书不来的困境。

尾联以搔白发之头的形象特写，揭示诗人忧伤烦恼的内心世界。大意说，本已稀少的白发，越搔梳越短少，简直经不住一根发簪。

诗人面对破碎的山河，荒芜的城垣，睹物感怀，忧时伤别，情致沉郁婉转。在表现手法上，景出而情生，情发而景现，写景抒情，浑然一体。

怀揣天下　舒卷风云

闻官军收河南河北

杜 甫

剑外忽传收蓟北，初闻涕泪满衣裳。

却看妻子愁何在，漫卷诗书喜欲狂。

白日放歌须纵酒，青春作伴好还乡。

即从巴峡穿巫峡，便下襄阳向洛阳。

◆ 注 释

1. 剑外：剑门关以南，指四川，当时作者在梓州。

2. 蓟北：在河北东北部。安史叛乱老巢。

3. 白日：双关语，指大白天，也指战乱平定的太平日子。

4. 青春：此指春天。

解 析

　　唐宝应二年（763年）正月，安史叛将田承嗣以莫州（今河北东北）降，李怀仙以范阳（今河北北部）降，叛军总头目史朝义（史思明之子）逃亡自杀，延续8年的安史之乱结束。此诗为诗人看到破碎的祖国收复河南河北失地时喜极而作。

　　首联写初闻捷报喜极而泣的情景。

　　颔联进一步具体描写全家狂喜之态。

颈联写由喜而庆、由庆而思归之情。

尾联设想从剑南梓州乘船沿长江回老家的路线图，洋溢着欢快之情。

这首七律是杜甫诗中别具一格的佳作，也是历来为人们传诵的名篇。作者直抒胸臆，一泻而下，轻快开朗，充满激情，一扫他所特具的沉郁苍凉的诗风。被清人浦起龙评为"杜甫生平第一首快诗"。

从军行

杨 炯

烽火照西京，心中自不平。
牙璋辞凤阙，铁骑绕龙城。
雪暗凋旗画，风多杂鼓声。
宁为百夫长，胜作一书生。

◆ **注 释**

1. 杨炯（公元650—约693年）：字令明，华阴（今陕西华阴）人。幼年聪慧，9岁举神童，26岁考中进士。历任校书郎、太常博士、衢州盈川令，故人称"杨盈川"，乃"初唐四杰"之一，与王勃、卢照邻、骆宾王齐名。他自称"愧在卢前，耻居王后"。对此，唐代诗人张说认为："杨盈川文思如悬河，注水酌之不竭，既优于卢，也不减王，'耻居王后'信然，'愧在卢前'谦也。"由于他常嘲讽朝士的虚伪作风，故为时人所忌。诗风高亢、明快，擅长五律，尤以边塞诗为胜，开盛唐边塞诗先河。《全唐诗》存其诗33首。

2. 西京：长安。

3. 牙璋：调遣部队用的信符，即兵符。分两块，凹凸相合处为牙状，称牙璋。两块一留朝廷，一在主帅那里，两相符合，方可调兵。

4. 凤阙：泛指皇宫。

5. 铁骑（jì）：精锐的骑兵。

6. 龙城：又称龙庭，汉代匈奴地名，此指敌人巢穴。

解 析

《从军行》为乐府旧题。唐高宗永隆二年（681年），北方突厥侵扰固原、庆阳（今甘肃省东部）一带，令朝廷与百姓不得安宁。唐将裴行俭奉命出征，杨炯借乐府之题，作此诗以抒怀，表达抵御外敌入侵、为国立功的志愿。

首联写外敌入侵，边塞警报传入京城，诗人闻之，心中顿起波澜，自难平静。

颔联写大将奉命出征，强劲的骑兵包围敌人的巢穴。

颈联写战争的严酷环境。"雪暗凋旗画"，是说大雪使军旗上的图画失去色彩。"风多杂鼓声"，是说风声与战鼓声常常夹杂一起，战斗十分激烈。

尾联抒发作者为国投笔从戎的志向与抱负。大意是说宁可做一个百夫长这样的低级军官去出征，胜过做一介书生。此二句所表达的志向对时人以至后人都有相当大影响。如王维"岂学书生辈，窗前老一经"、杜甫"壮士耻为儒"等诗句，都表达了为国投笔从戎、征战沙场的爱国精神和豪迈情怀。

送魏大从军

陈子昂

匈奴犹未灭，魏绛复从戎。
怅别三河道，言追六郡雄。
雁山横代北，狐塞接云中。
勿使燕然上，惟留汉将功。

◆ 注 释

1. 陈子昂（公元 659—700 年）：字伯玉，梓州射洪（今四川射洪）人。少年任侠使气，18 岁后发奋读书，经史百家，无所不读。24 岁举进士，任右拾遗，并两次出征边塞。他屡次上书言事，针对时弊，陈述利害，言多切直，不怕触忤权贵。因痛感政治抱负不能实现，28 岁那年辞官回乡，后为县令段简所诬，入狱而死。他反对齐梁以来形式主义的艳丽诗风，提倡诗歌创作要表现现实的政治生活，对促进盛唐诗歌的发展作出了贡献，是唐代诗歌革新的先驱。杜甫说他"有才继骚雅""名与日月悬"。有《陈拾遗集》。

2. 魏绛：春秋时晋国大夫。

3. 三河：即汉代所常称的河东（今山西省南部）、河内（今河南省黄河以北地区）、河南（今河南省黄河以南地区）。此三河郡为"王者所居"之地，故借指送别地京都长安。

4. 六郡：指陇西、天山、安定、北地、上郡、西河。据说此六
   郡是"多出名将"的地方。

5. 雁山：雁门山的省称。

6. 代北：代州之北。

7. 狐塞：指飞狐塞，又名飞狐口，为长城重要关隘。

8. 云中：云中郡，唐时治所在今山西省大同市北。

■ 解　析

　　魏大，作者友人，生平不详。此诗是送给出征友人的赠别诗，
充满对朋友为国争光、立功边陲的勉励与期望，具有盛唐时所崇尚
的英雄主义气概。

　　首联写送别的缘由。即敌人未灭，朋友从军，故送诗留别。借
西汉骠骑将军霍去病曾说"匈奴未灭，何以家为"和春秋时晋国大
夫魏绛曾以和戎政策消除晋国边患的两个典故，喻指魏大从军抗敌
之事。

　　颔联写送别地点，并表达对魏大的希望。"三河"，为"王者
所居"之地，故借指送别地京都长安。"六郡"，据说此六郡是"多
出名将"的地方。因而此联与出征朋友相约，希望他继六郡名将之
后，立功边陲。

　　颈联写从军争战所去之地雁山、代北、狐寨、云中。是说这些
方都是重要设防地区，在此地御敌守边，责任和意义都十分重大。

　　尾联借用"勒名燕山"故典，对魏大寄予厚望。即是说不要使
燕然山上只留有汉将功劳，希望也记上你的武功。

怀揣天下　舒卷风云

　　此诗内涵蕴藉，张力恢宏，气势豪迈，格调高亢，深刻表现了
"感时思报国，拔剑起蒿莱"（陈子昂《感遇诗》）的思想情操，是
一首宣扬从军御敌、戍边报国的爱国主义之歌。

望蓟门

祖　咏

燕台一望客心惊，笳鼓喧喧汉将营。
万里寒光生积雪，三边曙色动危旌。
沙场烽火连胡月，海畔云山拥蓟城。
少小虽非投笔吏，论功还欲请长缨。

◆ **注　释**

1. 祖咏（公元699—约746年）：河南洛阳人。唐玄宗开元
   十二年（724年）进士。曾任驾部员外郎，后在仕途中困顿
   失意，过渔樵生活，境遇极为可伤。与王维友善。王维在济
   州时，曾赠祖咏三诗，其中有句云："结交三十载，不得一
   日展。贫病子既深，契阔余不浅。"从中可知他们友情和祖
   咏的困顿景况。《全唐诗》录其诗一卷36首，明人辑有《祖
   咏集》。

2. 蓟门：是当时幽州治所，东北边防要地，今在北京市西
   北部。

3. 燕台：位于蓟门外，相传为燕昭王所筑，又名黄金台、幽
   州台。

4. 投笔吏：汉人班超家贫，常为官府抄书以谋生，后终以功封
   定远侯。

5.请长缨：汉代有个叫终军的朝官，曾向汉武帝请求亲赴南越（今广东、广西、越南北部一带），用一根长绳子绑缚南越王回来，使其归顺。后以此典，指立志报国，降伏强敌，形容自告奋勇请求杀敌。

解 析

此诗是作者望蓟门军营而产生忧国之心和希望从军报国而写的一首感怀诗。

首联写作者登燕台，闻到军营笳鼓交喧，而产生可能发生战争的惊愕之情。

颔联写在燕台向远望是万里积雪，向高望是晨光中军旗飘扬的战场情景。

颈联写战前紧张的气氛和阵势：营地上报警的烽烟不时冲天而起，接连胡天之月；海边上的叠叠云山簇拥着蓟门城，显出阵地威武雄壮、固若金汤。

尾联触景生情写作者从戎报国的志向，大意是说，我从小未像汉朝班超那样投笔从戎，但我今天要像汉朝终军那样请缨从军，为国立功。

这首七律写得新颖别致，除尾联直接点出从军报国的志向外，以上三联全是写景，以景抒情，使其忧国之心、爱国之情、报国之志，越发真切动人。

使至塞上

王 维

单车欲问边，属国过居延。
征蓬出汉塞，归雁入胡天。
大漠孤烟直，长河落日圆。
萧关逢候骑，都护在燕然。

◆ 注 释

1. 王维（公元701—761年）：字摩诘，蒲州（今山西永济）人。唐开元九年（721年）进士，官至尚书右丞，故世称"王右丞"。王维早年写了许多具有现实意义的作品，如《老将行》《观猎》《使至塞上》等。后来，奸臣李林甫为相，他便皈依佛教，过着半官半隐的生活，寄情于山水。他的山水田园诗，形成独特的艺术风格。他能诗善画，苏轼说他"诗中有画，画中有诗"。著有《王右丞集》。

2. 属国：指使臣，即王维本身。典出西汉苏武出使匈奴长期被扣，归国后被封为"典属国"，后人常以"属国"代指使臣。

3. 居延：当指汉代张掖郡居延。在今内蒙古自治区阿拉善盟额济纳旗。

4. 征蓬、归雁：代指使臣。

5. 候骑：指侦察骑兵。

怀揣天下 舒卷风云

65

6.都护：指边将。

解 析

唐玄宗开元二十五年（737年），河西节度副大使崔希逸战胜吐蕃，朝廷命王维以监察御史的身份出塞慰问，察访边情。往返途中，王维写了两首纪行诗，除一首七律《出塞作》外，便是这首到达边塞时的五言律诗，以表现边陲将士戍边卫国的情景。

首联概括出塞行程所经之地。

颔联中的大意是说使臣经过长途跋涉来到边塞。

颈联描写见到的塞外奇特景象：大漠上一缕孤烟袅袅上升，黄河水上一轮红日徐徐落下。

尾联大意是说，听到在萧关有侦察骑兵随时侦察敌军动向，边将在燕然山上坚守岗位。此联点出全诗主题，即对边防将士的高度警觉性和崇高爱国精神饱含敬意，予以表彰。

作为慰边的使臣，王维这首诗写得超脱朴实，但又别具情致，出使所经（首联）、所至（颔联）、所见（颈联）、所闻（尾联），都体现了对江山社稷缕缕情思和丝丝关爱。尤其是"大漠孤烟直，长河落日圆"二句所勾画的奇瑰风光，招引历代多少人的梦思和浮想。江山如此神奇，岂容他人染指、外族侵扰？"都护在燕然"，岂敢有丝毫懈怠？这便是此诗的不凡之旨。

本诗另一特色便是用语典雅，描写形象，章法井然有序。因此，当是王维早期的精品之作。

咏 史

戎 昱

汉家青史上，计拙是和亲。
社稷依明主，安危托妇人。
岂能将玉貌，便拟静胡尘。
地下千年骨，谁为辅佐臣。

◇ **注 释**

　　戎昱（？—约799年）：荆南（今湖北江陵）人。他能言
善辩，风度翩翩，家贫而气不沮。是否登进士第，说法不一。
唐代宗大历初任荆南节度观察使卫伯玉幕府从事，后又在湖
南、桂林等地任幕宾。德宗建中年间曾在长安任监察御史一类
的官，因事贬辰州刺史，贞元间任虔州刺史。他对外族入侵，
主张抗击，而反对和亲。在诗歌上，他最推崇的是杜甫，其次
是岑参，尊岑参为"诗伯"。他的诗反映现实，同情人民疾苦。
《全唐诗》存其诗126首。明人辑有《戎昱集》。

[**解 析**]

　　这首《咏史》又名《和蕃》，在当时很有影响。据载，一次唐
宪宗君臣商议边塞政策，大臣们多有和亲之议，唐宪宗便读这首

《咏史》诗，并说"此人若在，便与朗州刺史"。大臣们听后，无人再提和亲。可见，这首诗受到皇帝重视，所起作用很大。

首联亮明观点：和亲是拙计。大意是说，在汉朝的历史上，最拙劣的政策莫过于和亲。言外之意，当今也不应该再沿袭这一下策了。

颔联申说反对和亲的理由：社稷的安危只能依仗贤明君主，而不应该托付于妇人。当然，"妇人"是古时对妇女的一种轻蔑称呼，如"妇人之见""妇人之言"等。此处用以说明和亲非贤明之策，非明主所为。

颈联明以事实，即玉貌不能静胡尘。据历史记载，唐朝自开国以来和亲公主很多，仅玄宗、肃宗、代宗、德宗四朝就有 11 人。结果不但未能平息外族入侵的战尘，反而使胡人以为唐朝软弱可欺，侵扰更加频繁而疯狂。

尾联晓以史鉴，指出已成为千年白骨的主张和亲者，没有一个可称为辅佐国家之臣。末句以反诘句法意在说明，历史已照出那些和亲者的真面目，他们不是辅佐之大臣，而是误国僵尸。

对于自汉至唐的和亲政策如何评骘，要视具体历史条件而定，不可一概而论。此诗咏史喻今，针对唐王朝在外族入侵面前一味以和亲换取苟安之策，提出反对意见，主张坚决抗击外敌入侵，以保社稷，安定国家。这种维护民族尊严、抵御外侮的爱国思想，是值得肯定和称赞的。

西塞山怀古

刘禹锡

王濬楼船下益州，金陵王气黯然收。
千寻铁锁沉江底，一片降幡出石头。
人世几回伤往事，山形依旧枕寒流。
今逢四海为家日，故垒萧萧芦荻秋。

◆ **注 释**

1. 刘禹锡（公元772—842年）：字梦得，荥阳人，唐代杰出诗人。贞元进士，历任太子校书、监察御史、屯田员外郎、检校礼部尚书等职。曾参加王叔文集团的进步政治革新，失败后被贬为朗州（在今湖南省）司马，后又任几个地方刺史。他具有朴素的唯物论和进步的政治思想，主张文学作品必须反映现实。他在诗歌创作上，风格通俗清新，深得民歌优点。有《刘梦得文集》。

2. 西塞山：在今湖北大冶东约90里，我国历史上建都金陵（今南京）的东吴、东晋及南朝宋、齐、梁、陈等朝代，都以西塞山为扼守长江中游的江防要塞。

3. 益州：今成都。

4. 金陵：今南京。

5. 石头：南京清凉山所建石头城。

6. 山形：此指西塞山之体势。

7. 萧萧：荒凉破败之状。

8. 芦荻：芦苇草。

9. 秋：作动词解。

解 析

唐穆宗长庆四年（824年），刘禹锡由夔州（今重庆奉节）赴任和州（今安徽和县）路过西塞山，抚今思昔，写下了这首著名的怀古诗，表现了要求国家统一、反对割据分裂的强烈愿望。安史之乱后，唐王朝经过30多年的斗争，终于削平了割据各地的藩镇势力，但由于朝政腐败，不久，藩镇势力再度抬头，诗人对此深为愤慨。在这首诗里，作者以雄浑豪放的笔调，描写西晋灭吴，统一全国，是人心所向，历史之必然，隐喻拥兵自重的藩镇割据势力，终究逃脱不了覆亡的命运。

首联直接入史，写西晋王濬大军进攻东吴的锐不可当之势。晋咸宁五年（279年）十一月，晋武帝命几路大军伐吴，益州刺史王濬乘带楼的大型战船顺长江而下，次年三月直趋建业，吴亡。这两句大意是说王濬大军进发，金陵的所谓帝王瑞气就黯然失色了。

颔联承上，说进军无坚不摧，终使东吴完全投降。"铁锁"，东吴以铁链锁江来防敌。"石头"，指东吴在南京清凉山建石头城以御敌。这两句是说，东吴用以设防的千寻铁链，尽被王濬大军烧断摧毁，迫使东吴在石头城上打出一片片降旗。

颈联以山形依旧、往事多伤之事实，说明国家统一是历史的潮流。这里的"往事",指东吴灭亡后相继有东晋和南朝宋、齐、梁、陈等多个王朝都步东吴后尘,也一一灭亡之历史。"山形",指西塞山。这两句是说,人世间有多少令人感伤的盛衰兴亡之事,但西塞山依然临江耸立,雄姿如昔。实际是告诫当时那些拥兵割据的藩镇势力,破坏国家统一,虽得逞于一时,终会被历史淘汰。

尾联通过萧萧故垒与四海一家的今日,进行对比,以揭示本诗主张国家统一的主题。"四海为家",即四海一家,国家统一。"故垒",指过去时代建筑的军事堡垒。"萧萧",指割据势力的故垒荒凉破败的状态。"秋",此作动词解,荒芜衰败之意。这两句是说,面对着今天四海一家、历史上割据势力的故垒陷于萧萧芦荻中的大好局面,更应珍视和捍卫来之不易的国家统一。

托古喻今的怀古诗为数甚多,但像刘禹锡这样高瞻远瞩,以国家统一大局为内容的怀古诗则不多见。它所蕴含的历史意义非常深远,成为千古传诵的爱国名篇。

始闻秋风

刘禹锡

昔看黄菊与君别，今听玄蝉我却回。
五夜飕飗枕前觉，一年颜状镜中来。
马思边草拳毛动，雕盼青云睡眼开。
天地肃清堪四望，为君扶病上高台。

◇ 注 释

1. 君：指秋风对作者的称谓。

2. 玄蝉：指秋蝉，黑褐色。

3. 我：秋风自称。

4. 五夜：一夜分为五个更次，此指五更。

5. 飕飗（sōu liú）：风声。

6. 颜状：容貌。

7. 拳毛：卷曲的马毛。

8. 雕：猛禽。

9. 盼：企望。一作眄（miàn）：斜视。

10. 肃清：形容秋气清爽明净。

11. 扶病：带病。

　　这是作者晚年的诗作。借两次秋天与老友相聚会之机，抒发自己决心老有所为、报效国家的奋进精神。

　　首联写在秋天里与朋友离而复聚之景况。大意是说，去年秋菊开时我与你相别，今年秋蝉叫时我们又重逢了。

　　颔联大意是说，由夜间枕上听到的秋风和镜中看到的容颜，感到自己越来越衰老了。这是对年迈的一种慨叹。

　　颈联由上联所闻所见转到所思所盼。意思是说：战马思食边塞野草而卷曲的毛在抖动；大雕盼望凌云而睡眼顿开。表现出作者保持昂扬斗志，时刻准备报效国家的进取精神。

　　尾联照应开头两句，意思是说：秋高气爽，正好登高远眺；为了不负你的希望，我将带病登上高台。此喻指自己将竭力为清明的政治效力。

　　此诗看似是一首朋友别离聚逢之间的抒情诗，实际是作者借歌咏大好秋光，寄托"老骥伏枥，志在千里"的明志诗。诗中"马思边草拳毛动，雕盼青云睡眼开"这两句，不仅形象鲜活，对仗工巧，而且寓意十分深远，作为哲学家、文学家兼诗人的刘禹锡，在晚年犹写出如此撼动心弦的千古佳句，令人景仰。

放言（其三）

白居易

赠君一法决狐疑，不用钻龟与祝蓍。

试玉要烧三日满，辨材须待七年期。

周公恐惧流言日，王莽谦恭未篡时。

向使当初身便死，一生真伪复谁知？

◆ 注　释

1. 白居易（公元 772—846 年）：字乐天，号香山居士，下邽（今陕西渭南）人，贞元进士。曾任翰林学士，先后两次上疏指斥弊政，遭谪贬江州司马、杭州和苏州刺史等职。是唐代伟大诗人，中唐新乐府运动的倡导者之一，主张"文章合为时而著，歌诗合为事而作"，强调继承《诗经》的优良传统和杜甫的创作精神，在诗中对当时的弊政作了较为深刻的揭露，对民间的疾苦表达了相当的关心和同情。他的诗歌形象鲜明生动，语言晓畅而又流利。有《白氏长庆集》。

2. 钻龟：把龟壳钻孔再烤后看它的裂纹以卜吉凶。

3. 祝蓍：拿着蓍草占卜吉凶。

4. 试玉：作者自注说："真玉烧三日不热。"

5. 辨材：作者自注说，"豫章木，生七年而后知"，即枕木和樟木，要长到第七年，才能区分清楚。

6. 周公：名旦，周武王之弟，成王之叔。武王死，成王年幼，
   周公旦摄政，管、蔡、霍三叔阴谋陷害，制造流言，说周公
   要篡位。周公旦因之避居于东，不问政事。后成王悔悟，迎
   周公归，三叔惧而叛乱，周公奉命平定了叛乱。

7. 王莽：据《汉书·王莽传》载，他早期生活节俭、待人谦恭，
   但后来独揽朝政，篡汉自立。

解 析

《放言》为组诗，共有五首，都是讲要认真考核人的道德品格，
防止奸诈之徒作伪欺世之作。此选其第三首。

首联对不正确的辨伪之法先予以否定。这两句意思是说，我送
你一个决断对人狐疑的方法，既不用钻龟也不用祝蓍那样搞迷信
活动。

颔联提出正确的辨伪方法。"试玉"："真玉烧三日不热。""辨
材"："豫章木，生七年而后知。"即枕木和樟木，要长到第七年，
才能区分清楚。这两句言外之意是，对人事的真伪辨别必须经过一
定时间的考察、考验，不能凭一时一事而轻易决定。

颈联以正反两面历史人物的经验教训来进一步说明考察、辨识
人才的极端重要性。这两句是说，忠心耿耿的周公却遭受流言的诋
毁，而不得不惊恐避政；野心家王莽，却要装得谦恭有节操，以便
伺机篡位。

尾联以"感幸"的口吻，说明真伪的辨别确实要经过时间、历
史的检验，方可为世人所认知与肯定。

　　白居易这首七律诗，古往今来，常被人引用，说明它在辨别真伪方面具有认识和实践价值。它从方法论角度，说明在实际中必须以正确方法去辨才用人，才能为国家找到真正忠实可靠的人才。应该说诗人提出的这一问题，古往今来有极多的经验教训，在当今社会现实中仍有极大意义。这首诗正是诗人关心国家安危的具体表现。

渔家傲·秋思

范仲淹

塞下秋来风景异，衡阳雁去无留意。四面边声连角起。千嶂里，长烟落日孤城闭。

浊酒一杯家万里，燕然未勒归无计。羌管悠悠霜满地。人不寐，将军白发征夫泪。

◆ **注　释**

1. 范仲淹（公元 989—1052 年）：字希文，原籍为邠州（今陕西邠县），后迁居吴县（今江苏苏州）。进士出身，官至参知政事，卒赠兵部尚书，楚国公，谥文正。他是宋代杰出的政治家和军事家，主张革新政治，守卫西北边疆多年。他为人正直有气节，守卫西北边疆时，勤于边务，用兵有法，使西夏不敢进犯，被称为"龙图老子"，说他"胸中有甲兵数万"。他是北宋著名散文家，在《岳阳楼记》一文中，提出"先天下之忧而忧，后天下之乐而乐"的千古名言。所创作的诗词，留下的不多，但很精粹，意境开阔，气势豪放，具大家风范。有《范文正公集》。

2. 衡阳雁去：为雁去衡阳的倒装。衡阳，在今湖南衡阳市境内，市南一里有衡阳回雁峰（72峰之首），传说秋天大雁至此不再南飞。

3. 无留意：毫无留恋之意，谓边塞寒冷，雁不留此，南飞衡阳。

4. 边声：指边塞的胡笳、羌笛、马鸣、风号等特有之声。角：指军中号角声。

5. 孤城闭：形容边地萧条与多事，日落即闭孤城。

6. 燕然未勒：感叹外敌未破，功业未立。典出《后汉书·窦宪传》：汉窦宪大败匈奴，北进燕然山（今蒙古国境内杭爱山），刻石记功而还。

解　析

渔家傲，词牌名。这首词是作者 52 岁在守边任内写的。北宋仁宗康定元年（1040 年），西夏大举侵犯西北边境，宋兵接连损兵失地，形势十分危急。范仲淹此时被派往西北，接替范雍为帅。经过近 4 年的抗敌，稳定了边塞局势。

在这首词中，描绘边塞景色，咏叹却敌未遂的抑郁苦闷，也表达了"燕然未勒""人不寐"的守边御敌的决心和英雄气概。

上片 5 句，以雁去、边声、落日、孤城等描写边塞秋天的苍凉景象。

下片 5 句，以家万里、归无计、人不寐、白发和征夫泪等，抒发守边将士的抑郁苦闷和外敌未除决不班师回朝的复杂心情。借以唤起朝廷主政者对边陲的关注和对将士的体恤，从而曲折表达了作者对国事的关心。

范仲淹的这首《渔家傲》词，描写了边塞风光，抒发了守边抗敌御侮之情，是我国词坛上第一篇豪放之作，一向被视为名篇。综观全词，格调苍劲悲壮，既表现了作者要驱逐外敌、巩固边防的强烈愿望，也流露出却敌未遂、壮志未酬的无限感慨，以及对久驻边塞、远离家乡的士卒们的深切同情。

毛泽东对范仲淹的这首词曾给予很高评价，他在谈及词有豪放和婉约两派之分时，举出范仲淹的这首《渔家傲》，认为其介于婉约与豪放之间，并说他自己是"偏于豪放，不废婉约"。

桂枝香·金陵怀古

王安石

登临送目，正故国晚秋，天气初肃。千里澄江似练，翠峰如簇。征帆去棹残阳里，背西风、酒旗斜矗。彩舟云淡，星河鹭起，画图难足。

念往昔、繁华竞逐。叹门外楼头，悲恨相续。千古凭高对此，谩嗟荣辱。六朝旧事随流水，但寒烟衰草凝绿。至今商女，时时犹唱，《后庭》遗曲。

◇ **注 释**

1. 王安石（公元 1021—1086 年）：字介甫，号半山，抚州临川（今江西临川）人。宋仁宗庆历二年（1042 年）进士。任知县、通判、知州等地方官 10 多年。曾上万言《言事书》，主张变法，改革弊政。宋神宗时两度任宰相，有远见，有魄力。但由于守旧势力的反对，变法失败，后退居南京，抑郁而卒。曾封荆国公，故世称"王荆公"。他是北宋杰出的政治家、文学家、诗人，是散文"唐宋八大家"之一。诗文内容富有现实性和政论性。有《王临川集》《临川集拾遗》。

2. 故国：旧都城，这里指金陵。

3. 晚秋：深秋。

4. 簇：同"镞"，箭头。

5. 星河：天河，比喻长江。

6. 六朝：指在金陵建都的东吴、东晋和南朝宋、齐、梁、陈。

7. 《后庭》遗曲：陈后主所遗留下的《玉树后庭花》的亡国之音。化用唐杜牧《泊秦淮》"商女不知亡国恨，隔江犹唱后庭花"的诗句。

解 析

桂枝香，词牌名。《桂枝香·金陵怀古》是王安石罢相后出知江宁府（今南京）时所作。《历代诗余·古今词话》说："金陵怀古，诸公调寄《桂枝香》者，三十余家，唯王介甫为绝唱。"此词是王安石词中代表作。

上片写景，为登临所见，描绘了深秋金陵的壮丽画面。"登临送目"，一为"纵目"，登高远望。此句为上片总目，统领上片。"故国"，这里指金陵，交代地点，回应题目。"晚秋"，点明登临季节。"天气初肃"，形容天清气爽。"澄江似练"，长江水色清澈，望去像白色的绢绸。"翠峰如簇"，形容山峰峭立。"征帆去棹（zhào）"，来来往往的船只。"酒旗斜矗"，酒帘倾斜着竖起。"星河鹭起"，长江上白鹭纷飞。鹭，此为双关语，既指鹭鸟，又指南京西南的白鹭洲。"画图难足"，用画图来形容，也不足以表达出来。用这四字总括上片。

下片抒情，写凭高所感，感慨"悲恨相续"的六朝历史，艺术地反映作者变法革新的政治主张。"念往昔"，回想过去。此三字为过片之语，承上启下。"繁华竞逐"，即竞逐繁华，指六朝统治者一个比一个地过着豪奢生活。"门外楼头",指陈后主寻欢作乐之事。唐杜牧《台城曲》:"门外韩擒虎,楼头张丽华。"诗意是说,隋朝大将韩擒虎已兵临城下,陈后主仍和他的宠妃张丽华在结绮楼上寻欢作乐,结果被灭掉。"悲恨相续",慨叹像这样的亡国悲剧,连续不断。"千古凭高对此",站在高处,面对如此壮丽的山河,回想千年往事。最后三句化用唐杜牧《泊秦淮》"商女不知亡国恨,隔江犹唱后庭花"的诗句。

王安石《桂枝香·金陵怀古》,之所以被推为"绝唱",不仅在于他把深秋的金陵写得"画图难足",更在于对六朝的荣枯兴替的历史作了深刻的剖析,以告诫统治阶级不能竞逐繁华,使"悲恨相续";而要从六朝的旧事中吸取盛衰荣辱的历史教训,励精图治,革故鼎新。王安石是在其变法失败之后,退居金陵而写此词的,所以他对此有切肤之痛、铭心之恨、刻骨之悲,因而感慨愈发深沉,感人肺腑。

心系黎民　笑对艰危

左迁至蓝关示侄孙湘

韩　愈

一封朝奏九重天，夕贬潮阳路八千。

欲为圣朝除弊事，肯将衰朽惜残年。

云横秦岭家何在，雪拥蓝关马不前。

知汝远来应有意，好收吾骨瘴江边。

◆　**注　释**

1. 韩愈（公元 768—824 年）：字退之，河阳（今河南孟州）人。唐代著名文学家、诗人。贞远进士，曾任监察御史，因上疏言事，被贬为阳山（今广东阳山）令。后迁刑部侍郎，又因反对迎佛骨，被贬为潮州刺史。他在政治上反对藩镇割据，维护国家统一，但对王叔文等人的改革有所不满。在文学上，他反对六朝骈俪的文风，倡导古文运动，散文成就突出，影响很大。有《韩昌黎集》。

2. 左迁：贬官。古时尊右卑左，故贬官为左迁。

3. 蓝关：蓝田关，又称峣关，在今陕西蓝田县东南。

4. 九重天：指朝廷。

5. 潮阳：今广东汕头市潮阳区。

6. 弊事：指迎佛骨入宫那危害国家、殃及人民的荒诞之事。

7. 肯：岂肯的意思。

8. 残年：作者时近52岁。

9. 秦岭：东起河南陕县，西至甘肃天水，连绵上千里，横亘关中南部。

10. 汝：你，指侄孙韩湘。

11. 瘴江边：指潮州。古人认为岭南一带多瘴气，故称潮州之水为瘴江。

解 析

唐元和十四年（819年）正月，宪宗李纯命人迎佛骨入宫供奉，作者时为刑部侍郎，上《论佛骨表》极言其危害国家、殃及人民，因而触怒宪宗，被贬为潮州刺史。在赴任走到秦岭蓝田关时，其侄孙韩湘赶去送行，韩愈写此诗为赠，表白上表被贬的经过，抒发他直言进谏而被贬逐的激愤之情。

首联写左迁的起因和地点。早晨，一纸《论佛骨表》的谏书刚上奏朝廷，晚上就被贬官，要到八千里之遥的南荒之地潮阳。

颔联写左迁的深层次原因即欲除弊而获罪，并抒发了作者为国家而不惜衰残之身的忠贞之情。这两句是说：想为朝廷革除弊政，岂肯怜惜自己的衰朽之身残暮之年？

颈联转写秦岭、蓝关的险恶之境，暗喻故家难返，前程渺茫。这两句是说，秦岭云雾横绝，哪里看得见自己的家在什么地方；蓝关大雪壅塞，马也无法前行了。

尾联点题，寄语韩湘，暗示此去凶多吉少之意。这两句是说：我知道你远道来送的好意，将来我如果死在瘴江，你要好好来收我的尸骨啊！

　　这首七律乃是韩愈诗中名篇。全诗依各联之次第，可用 12 个字概括：事惊切，情真切，景黯切，语痛切。朝奏夕贬，事出突然，令人惊愕；为除朝弊，不惜残年，真情可嘉；云横家杳，雪拥马蹇，前景黯然；寄语示知，好收骨于瘴江，语何痛哉！此诗中间二联尤为蕴藉，一陈情明志，一描景寓情，深沉地表达了忠心报国却遭贬官的不平之情。

南园二首

李 贺

男儿何不带吴钩

男儿何不带吴钩，收取关山五十州。

请君暂上凌烟阁，若个书生万户侯？

寻章摘句老雕虫

寻章摘句老雕虫，晓月当帘挂玉弓。

不见年年辽海上，文章何处哭秋风？

◆ **注 释**

1. 李贺（公元 790—816 年）：字长吉，福昌昌谷（今河南宜阳）人。唐代杰出的浪漫主义诗人。他一生抑郁不得志，26岁便死去。他少时聪敏，7 岁能诗。他的诗，有的抒发个人的理想抱负，有的揭露时政的黑暗，有的描写劳动人民的疾苦。艺术特色，可用一个"奇"字来概括，想象奇特，语言奇诡，以幽奇瑰丽见长。有《李贺诗集》。

2. 吴钩：刀名，其刃微弯，产于吴地。

3. 五十州：《资治通鉴》载，唐元和年间，黄河南北五十州被藩镇割据。

4. 凌烟阁：唐代皇宫的殿阁名。贞观十七年（643 年），太宗命褚遂良题阁，阎立本绘画长孙无忌、魏徵等 24 人像于凌烟阁，以表彰他们的功绩。

5. 寻章摘句：指读书。

6. 雕虫：汉扬雄把作赋比作雕虫篆刻，说壮夫不为。

7. 玉弓：指下弦残月，像玉弓一样，指后夜时光。

8. 辽海：因辽东南临渤海，故称辽海。

9. 哭秋风：指悲秋之意。战国时宋玉作《九辨》，悲秋风使草木变衰。

解　析

李贺辞官回乡后，在南园读书，以南园为题写诗 13 首，或描绘景物，或抒发感慨，都各得其然。这里选其五、六两首，以首句作标题。

第一首

首联两句是说，作为男子汉大丈夫为什么不带着武器，去收取被藩镇割据的土地，使国家完全统一呢？这里既自励，也励人，含有"国家兴亡，匹夫有责"的使命感和爱国心。

尾联两句是说，请你上凌烟阁去看，有哪个闭门读书的人被题阁绘像而受表彰呢？这里的设问含有双关之意，既是鼓励书生要走出书斋，去为国建功立业，也是对自己未能效命沙场的失意而感叹。

第二首

首联两句是说，书生们从早到深夜读书写字，以雕虫小技老其一生。言外之意是说，不能只闭门读书，而应该效壮夫之为，建功立业。

尾联两句是说，像辽海一带年年有战事，给国家造成衰败，给人民带来悲痛，可哪里还见到有什么文章能为此而痛哭呢？言外之意是，当国家动乱需要武功之时，文章再好也没有什么价值。这再一次表现了作者不能为铲除军阀割据效力的苦恼，难展拳拳爱国之心和报国之才的惆怅之情。

河 湟

杜 牧

元载相公曾借箸，宪宗皇帝亦留神。

旋见衣冠就东市，忽遗弓剑不西巡。

牧羊驱马虽戎服，白发丹心尽汉臣。

唯有凉州歌舞曲，流传天下乐闲人。

◆ **注 释**

1. 杜牧（公元 803—852 年）：字牧之，号樊川，京兆万年（今陕西西安）人，唐大和进士。曾任黄州、池州、睦州和湖州刺史，后被召回京，任司勋员外郎，官至中书舍人。他具有进步的政治理想，抱济世之才，然一生不得志。他是唐代著名诗人，其诗歌在晚唐颇负盛名，风格明朗清丽，独树一帜。擅长近体诗，尤以七绝为佳。与李商隐齐名，合称"小李杜"。有《樊川文集》《樊川诗集》。

2. 河湟：指黄河和湟水，此指两河流经的青海、甘肃一带。

3. 元载：唐代宗时宰相，曾任西州刺史，对河湟形势很熟悉。

4. 借箸：借筷子筹划谋略，代指运筹、谋划。典出《史记·留侯世家》：汉高祖刘邦想立先秦六国的后代为王，张良认为不妥，在吃饭时献策说，臣请用筷子为大王谋划。

5. 宪宗皇帝：即李纯，公元 806 年至 820 年在位。

6. 衣冠就东市：指汉景帝时，御史大夫晁错谋划削夺刘姓诸王的封地，引起吴楚七王国叛乱。景帝听信谗言而杀晁错，于是晁错"衣朝衣，就东市"被斩。此借晁错故事，指元载被代宗所杀。

7. 忽遗弓剑：指宪宗猝然死去。《水经·河水注》说黄帝死，唯弓剑存。后就以"遗弓剑"借指帝王之死。

8. 乐闲人：供偷闲之人享乐。

解 析

河湟，指黄河和湟水，此指两河流经的青海、甘肃一带。安史之乱爆发后，驻守河西、陇右的唐军东调平叛，吐蕃乘机侵占了河西和陇右这一河湟地区，对唐王朝构成极大威胁。杜牧有感于内忧外患，主张对内削平藩镇割据，对外驱逐吐蕃入侵。此诗便是他这种主张的集中体现。

首联写宰相元载和皇帝宪宗（李纯）对河湟地区的设谋和关注。

颔联以两个典故说明，元载被杀，宪宗猝死，他们的谋划未能实现，致使河湟失地未能收复。

颈联写被占领地河湟人民，虽然被迫为敌人放羊牧马，穿着吐蕃族的服装，但依然白发丹心，永向唐朝。"汉臣"，借指唐朝的臣民。

尾联写统治者苟且偷安，不思收复失地，而是醉心于凉州传来的西域歌舞之中，并让其流传天下，麻醉着人民。

心系黎民　笑对艰危

91

　　有人说杜牧很注重研究"治乱兴亡之迹，财赋兵甲之事，地形险易远近，古人之长短得失"。这在他的诗文中多有表现，仅这首《河湟》便可见一斑。

重有感

李商隐

玉帐牙旗得上游，安危须共主君忧。

窦融表已来关右，陶侃军宜次石头。

岂有蛟龙愁失水？更无鹰隼与高秋。

昼号夜哭兼幽显，早晚星关雪涕收。

◇ **注　释**

1. 李商隐（公元 813—858 年）：字义山，号玉谿生，怀州河内（今河南沁阳）人。出身于没落贵族家庭，少年时即富有才华，很想为国家做一番事业。但他处于唐王朝由中兴走向没落的转折时期，在黑暗的政治环境中终身不得志，无法实现其理想，45 岁抑郁而死。他的友人崔珏在《哭李商隐》诗中说："虚负凌云万丈才，一生襟抱未尝开。"李商隐是晚唐诗坛上的一颗新星，写了不少揭露政治黑暗、反映社会动乱的诗篇，具有正义感和爱国心。他的诗，语言典雅，意境朦胧，属对工整，形象鲜明，对后世颇有影响。与杜牧齐名，人称"小李杜"。有《李义山集》。

2. 玉帐牙旗：主帅的军帐、大旗。

3. 窦融：东汉人，光武帝刘秀任他为凉州牧，镇守河西。他得知刘秀要讨伐割据西北的军阀隗嚣，便立即整顿兵马，上表请发兵日期，表示愿为国家出力。

4. 关右：指函谷关以西，凉州在关西。

5. 陶侃：东晋人，任荆州刺史时，苏峻叛乱，他和温峤等会师
石头城（今南京），斩苏峻。

6. 宜：合适，应当。

7. 次：指军队抵达驻扎。

8. 蛟龙：喻君主。

9. 愁：《增订注释全唐诗》第三卷第 1462 页，全诗校"……一
作曾，一作长"。按：原版作长，今按《全唐诗》注释，改
为"愁"。

10. 鹰隼：都是善于搏击的猛禽。

11. 与：举，高飞。

12. 幽：阴间，指鬼神。

13. 显：阳间，指人世。

14. 星关：又叫天关，指宫禁。

15. 雪：拭，洗。

解 析

这首诗是写"甘露之变"的。中唐以来，宦官专权，朝政黑暗。
大和九年（835 年）十一月，唐文宗与宰相李训、凤翔节度使郑注
等密谋剪除权宦仇士良等，伪称金吾厅后石榴树夜有甘露，并埋伏
了甲兵，想诱杀仇士良等权宦。事泄，权宦劫持文宗入宫，随即发
兵捕杀李训、郑注等千余人，史称"甘露之变"。

当时，李商隐写了《有感》两首，表示愤慨。第二年二月，昭义节度使刘从谏上疏问罪，并准备起兵征讨，宦官仇士良等才有所畏惧。李商隐听说后，又写了这首诗，所以题为《重有感》。

诗中盼望讨伐军早日出师，诛灭宦官，维护中央政权和国家政治稳定，表现了诗人的正义感和对国家命运的关注。

首联写刘从谏握有重兵，地位显要，应与皇上共安危、分忧患。

颔联写历史上窦融、陶侃的事迹，寓有希望刘从谏像东汉窦融和东晋陶侃那样拿出平叛的实际行动之意。

颈联以蛟龙喻皇帝，以鹰隼喻猛将，说明皇帝不能久为宦官所控制，要有鹰隼似的猛将诛灭宦官。后一句是反语，用以激励武将。

尾联写宦官血腥屠杀，人鬼共愤，昼号夜哭，早晚要诛灭他们，恢复皇权，君臣才能收泪止哭，转悲为喜。

李商隐一生虽仕途坎坷，但热衷于政治，关心国家的安危。因上层权力之争而引发的"甘露之变"，引起国家和社会动乱，对此，他不但《有感》，而且《重有感》，正是其忧国忧民思想感情的集中表现。

苏武庙

温庭筠

苏武魂销汉使前，古祠高树两茫然。

云边雁断胡天月，陇上羊归塞草烟。

回日楼台非甲帐，去时冠剑是丁年。

茂陵不见封侯印，空向秋波哭逝川。

◆ 注 释

1. 温庭筠（公元 801—866 年）：原名岐，字飞卿，山西太原
   人。多次应试不中，做过县尉，官终国子助教。他为人任
   性，好讥讽权贵，多犯忌讳，故仕途不得志。诗与李商隐齐
   名，并称"温李"。其诗色彩秾丽，辞藻繁密，风格浓艳香
   软，历来被称为"花间派"鼻祖。词风与诗风相近，现存词
   60 余首，在唐词人中数量最多。有《温飞卿诗集》。

2. 魂销：喻心情激动不能自己的神态。

3. 雁断：指音信不通，古代传说大雁可以传递书信。

4. 胡天：匈奴所在地。

5. 陇上：丘陇之上。

6. 塞草：边塞草地。

7. 回日：从匈奴回来之日。

8. 甲帐：据《汉书·西域传赞》载，汉武帝时，兴造甲乙之帐，

用琉璃珠玉和其他珍宝造成的为甲帐，用其他东西造成的为乙帐。甲帐供神居，乙帐供人住。

9. 丁年：壮丁之盛年。

10. 茂陵：汉武帝陵墓。其时，汉武帝已死，用茂陵代指汉武帝。

11. 封侯印：史载苏武归来，汉昭帝拜封为典属国，并有金钱奖励。

12. 哭逝川：悲叹时间像川水流逝，不可复返。

解　析

此诗为凭吊苏武的忠义而作。苏武，字子卿，西汉时人，民族英雄。据《汉书·苏武传》载，汉武帝派遣苏武以中郎将身份，持着"使节"，护送当时被拘留在汉朝的匈奴使臣回国。到匈奴之后，匈奴单于却诱逼苏武投降，苏武不从，被流放到荒无人烟的北海（今贝加尔湖）边牧羊。他一直坚持忠于汉朝的信念不动摇，19年后终于回到祖国。后人建苏武庙以纪念。

首联写苏武庙宇和苏武见到汉使接他回国的情景。这两句是说，看到古祠高树，不禁使人追忆起苏武当时见到汉使接他回国时销魂的样子，但这两者都使人感到迷蒙、茫然了。

颔联描述苏武在匈奴地生活19年的特殊岁月。这两句是说，在19年的胡天生活中，由于音信不通，他只能在皎洁的月夜，望着南飞之雁渐渐消失在远方；在荒远的边塞草地上，趁着夕烟，把羊群从陇上赶回。这两句写景出神入化，可以说是诗中有画，画中有诗。

颈联转入回忆，追写苏武"回日"和"去时"的概况。这两句是说，苏武回来时所看到的楼台，已不是汉武帝尚在时的甲帐了；而苏武出使匈奴时戴冠佩剑，正值壮丁盛年。江山依旧，人事皆非。

尾联写苏武归国后对汉武帝的思念以及抚今追昔所产生的痛切之情。这两句是说，当年的汉武帝已见不到苏武今日封侯挂印，苏武只能对着秋水痛哭时间的流逝，悲叹其不可复回。

温飞卿这首七律，描绘了一位"白发丹心"的爱国者形象，表现了对不辱使命的汉代民族英雄的景仰之情，读后令人感奋。虽然他的诗词风格秾艳香软，被人称为"花间派"始祖，但他这首诗却写得沉郁蕴藉，不失为吊古佳章。

登夏州城楼

罗　隐

寒城猎猎戍旗风，独倚危楼怅望中。

万里山河唐土地，千年魂魄晋英雄。

离心不忍听边马，往事应须问塞鸿。

好脱儒冠从校尉，一枝长戟六钧弓。

◇ **注　释**

1. 罗隐（公元 833—909 年）：原名横，字昭谏，自号江东生，余杭（今浙江余杭）人，一说是新登（今浙江富阳）人。因讥讽时政，得罪权贵，十举进士不第，遂改名隐。曾入镇海节度使钱镠幕，后迁节度使判官、给事中、钱塘令等职，颇有政绩。著有《两同书》《甲乙集》《谗书》《淮海寓言》等书。其中《谗书》是他落第后有感于时事所写的杂文。鲁迅说："罗隐的《谗书》，几乎全部是抗争和愤激之谈。"他的政治讽刺诗，揭露和批判了当时的政治腐朽和社会的黑暗，有一定的进步意义。有《罗昭谏集》。
2. 夏州：又名榆林，在陕西省榆林市横山区境内。
3. 危楼：高楼。
4. 唐土地：唐王朝所辖疆域。
5. 晋英雄：晋朝和大夏国曾在这一带作战，许多将士死于边塞。

6. 离心：离别心情。

7. 边马：边塞战马。

8. 塞鸿：边塞鸿雁。据说，鸿雁能代人传递信息。

9. 校尉：军中小官之名。

10. 六钧弓：强劲之弓。一钧 30 斤，六钧 180 斤。

解　析

这是一首登楼感怀诗。夏州城在无定河支流清水东岸，紧靠长城，为古代著名的险关要塞。

首联写于戍旗猎猎之中，登楼倚望。这两句是说：寒风吹动城上戍旗，猎猎有声；我独上高楼，凭倚怅望。

颔联写望中所见与所想。这两句是说：纵目望去，万里河山尽为唐之属地；目之所至，不禁想起千年之前，晋朝与大夏国交战时而死去的众多英雄。

颈联写离别时的惆怅与失意之情。这两句是说：听到边马嘶鸣之声，真不忍心离去，而心中所涌起的边塞发生的许多往事，也许只有去问问塞鸿才能知道。问塞鸿，托物以抒情，可见愁情之深，失意之甚。

尾联写作者欲弃儒从戎、为国戍边的志向。这两句是说：我应该脱下儒冠，拿着长戟，佩带强弓，去卫国戍边。

罗昭谏这首即景感怀的七言律诗，描写了边塞风光，歌颂了古代戍边英雄，也抒发了自己为国从戎的抱负，表现了他的关心国事之情。此诗构思缜密，运笔有条不紊。由登而望，由望而见，由见而思，由思而问，由问而立志弃儒从戎，持戟佩弓，层层递进，步步入深，独具匠心。

此诗首句"寒城猎猎戍旗风"以景象起，尾句"一枝长戟六钧弓"以物象结，首尾照应，相得益彰，突出主旨。戟长可凌云，弓重堪撼岳。以此束笔，寓深托远，真可谓言有尽而意无穷。

宝 剑

欧阳修

宝剑匣中藏，暗室夜常明。

欲知天将雨，铮尔剑有声。

神龙本一物，气类感则鸣。

常恐跃匣去，有时暂开扃。

煌煌七星文，照曜三尺冰。

此剑在人间，百妖夜收形。

奸凶与佞媚，胆破骨亦惊。

试以向星月，飞光射搀枪。

藏之武库中，可息天下兵。

奈何狂胡儿，尚敢邀金缯。

 注 释

1. 欧阳修（公元 1007—1072 年）：字永叔，号醉翁，又号
   六一居士，庐陵（今江西吉安）人。宋仁宗天圣八年（1030
   年）进士，累官至翰林学士、礼部侍郎、参知政事等。他是
   北宋文坛领袖，继承了韩愈所倡导的古文运动，名列"唐宋
   八大家"，在散文、词、诗、史学等方面都很有成就。为人
   正直，不阿权贵，因支持范仲淹改革弊政，屡遭打击，三次
   被贬。有《欧阳文忠公集》。

2. 扃（jiōng）：剑匣上的锁。

3. 搀枪（chān chēng）：彗星的别名，又名天搀、天抢。古人认为是凶煞招灾之星，常以喻敌人。

4. 金缯：金银和丝绸。

此诗作于第二次被贬期间，时在滁州（今安徽滁州）。宋真宗景德元年（1004 年），宋真宗代表妥协派利益与辽国订立屈辱的和约，史称"澶渊之盟"。至宋仁宗庆历四年（1044 年），宋王朝又要与西夏签订屈辱性和约。欧阳修当时任谏官，坚决反对屈辱求和，多次上谏，不听，被贬滁州，但他仍关心西北边界局势，深为忧愤，因作此诗。诗中借咏宝剑，表达对敌人的憎恨、对北宋王朝奉行屈辱苟安政策的不满，抒发耿耿爱国之情。

全诗共 20 句。开头 10 句总写宝剑光、声、鸣、跃、照等异常之形状。

第一、二句说，光芒能穿透剑匣，使暗室常明。

第三、四句说，听铮尔之声，能知天要下雨。

第五、六句说，剑为神龙所化，能感应气候，发出鸣声。

第七、八句说，剑会跃匣而去，故时而开锁看看。

第九、十句说，剑之七星纹彩，煌煌闪亮，能照彻三尺之冰。

接下 8 句转写宝剑的无比神威。

第十一、十二句说，可使百妖收形。

第十三、十四句说，可使奸佞胆破骨惊。

第十五、十六句说，可射凶星坠落。

第十七、十八句说，可平息天下之兵。

第十九、二十两句点出此诗主旨：为什么辽国和西夏那么猖狂，竟敢派人来强要金银和丝绸？言外之意是，朝廷的腐败，奉行屈辱苟安政策，才使"胡儿"胆大妄为，得寸进尺，巧取豪夺。如果说，把宝剑喻为龙，那么头 18 句所画的是龙身、龙尾、龙头，而这最后两句便是点龙睛。有此"龙睛"，宝剑这条龙便活灵活现了，反对对敌屈辱求和、渴求抗敌报国的思想感情便跃然纸上。

览 照

苏舜钦

铁面苍髯目有棱，世间儿女见须惊。

心曾许国终平虏，命未逢时合退耕。

不称好文亲翰墨，自嗟多病足风情。

一生肝胆如星斗，嗟尔顽铜岂见明。

◆ **注 释**

1. 苏舜钦（公元 1008—1048 年）：字子美，号沧浪翁，梓州铜山（今四川中江）人，后迁居河南开封。宋仁宗景祐元年（1034 年）进士，曾任大理评事。参加以范仲淹为首的政治革新集团，遭到权贵们的迫害而被革职，归耕田园。诗与梅尧臣齐名，时称"苏梅"。他的一部分诗情感激昂，气势奔放，抒发英雄抱负，对后来的苏轼、辛弃疾、陈亮等的诗词起了先导作用。有《苏学士集》。

2. 览照：照镜。

3. 铁面：面如铁而青。

4. 苍髯：髯若染而苍。

5. 儿女：泛指男男女女。

6. 平虏：消灭敌人。

7. 退耕：被革职而归田。

8. 不称好文：犹言作不出好文章。

9. 翰墨：本为笔墨，引申为文辞、文章之意。

10. 足风情：思想感情丰富之意。

11. 星斗：意谓光明磊落。

12. 顽铜：无知的铜镜。

解 析

这是一首政治抒情诗，作者自我写照，由形到神，从志向、遭遇到爱好、为人等，写得真切感人。

首联写自己让人一见便惊的威严容貌。

颔联承上，由实而虚，写自己宏大志向和不逢时的命运。

颈联感叹自己不称心如意的生平。欲亲翰墨，却难写出好文章；有非常丰富的思想感情，却身多疾病。

尾联点题，生发此诗的主旨：铜镜只能照见形貌，而不能照出肝胆。弦外之音是说朝廷不能识用人才，以抒发作者的愤懑之情。

《览照》一诗，构思别致，笔法独特。事小而义大，文平而旨曲。其别致、独特，表现在以下几点：

一是借题发挥。借"览照"之题，生发出对朝政的不满，对人生的不平。

二是正话反说。丹心难掬，壮志难酬，不正面说出其根源在当时世情，却反归于自身之命。

三是欲扬先抑。为说明自己翰墨之亲、风情之足，先故意一抑，说是"不称"，是"多病"。

四是指桑骂槐。嗟铜镜之顽，实是斥权臣之奸，昏君之聩。

作者的巧思妙笔，把"览照"这一日常生活小事，提炼成具有社会意义和重大主题之作。诗虽平常，而意旨深邃幽曲，是一首深含意蕴的政治抒情诗。

江城子·密州出猎

苏 轼

老夫聊发少年狂，左牵黄，右擎苍。锦帽貂裘，千骑卷平冈。为报倾城随太守，亲射虎，看孙郎。

酒酣胸胆尚开张，鬓微霜，又何妨。持节云中，何日遣冯唐？会挽雕弓如满月，西北望，射天狼。

◆ **注 释**

1. 苏轼（公元1037—1101年）：字子瞻，号东坡居士，四川眉山人，宋仁宗嘉祐二年（1057年）进士。曾做过兵部尚书兼侍读等官。在政治上先是反对王安石推行新法，后又不赞成司马光尽废新法。迁谪十几处，最后贬海南儋州，赦还第二年病卒常州。他是古代文人中少见的全才，诗、词、文、赋，以及书法、绘画无所不精。有《东坡全集》。

2. 密州：今山东诸城。

3. 老夫：作者自称，时年四十。

4. 黄：黄犬。

5. 苍：苍鹰。

6. 孙郎：此指三国时孙权。

7. 云中：地名，今内蒙古自治区托克托县东北。

8. 天狼：星名，古人认为天狼星出现象征外敌入侵，此指当时的西夏、辽国。

江城子，词牌名。苏轼所处时代，正是辽国和西夏不断对宋朝侵扰的时期，作者有感于内忧外患，于公元1075年冬在密州知州任上写了这首词。此词描写出猎行动，抒发了自己虽处逆境而犹欲从军报国的壮怀和雄心。

上片描写出猎的壮观场面。"老夫"，作者自称，时年四十。"黄"，黄犬。"苍"，苍鹰。"千骑"，形容随行人马很多，也暗示太守身份。"卷平冈"，人马潮涌般席卷低矮平坦宽阔的山冈。"为报倾城"三句，说为报答全城百姓随他出猎，他要像三国时孙权那样亲射虎给大家看。

下片抒写效命疆场的愿望和抱负。"酒酣"，似醉非醉的样子，指射猎归来庆宴上的情景。"胸胆尚开张"，胸怀开阔，胆气豪壮。"持节云中"，指汉代冯唐持节（奉命）赦魏尚的故事。据《史记·张释之冯唐列传》载：汉文帝时，魏尚为云中太守，善于用兵，曾亲率车骑阻击骚扰之敌匈奴，因报功多写了斩杀敌人6个首级，被判死刑。冯唐认为这样处罚太重，汉文帝接受了冯唐的意见，并派遣他为使，持着使者的凭证符节赦免魏尚的罪，仍为云中太守。诗人以守卫边疆的魏尚自许，希望得到朝廷的信任和重用，出守边疆。"会挽雕弓"三句，意思是说当我被重用去边疆抗敌时，我会拉满弓英勇杀敌。

古代以出猎为题材的诗词作品，多有所见，但写得出色的却不多。诗，当首推唐代王维的《观猎》；词，则以苏轼的这首《江城子·密州出猎》为佳。尤为难能可贵的是，此词把出猎与戍边联系在一起，抒发了作者抵御侵略、效命沙场的壮怀与雄心。这在北宋词坛上，是属于开创性的。因此，它被古今选家所推重，凡有诗词选本，几乎都无例外地选上。

在金日作（其二）

宇文虚中

满腹诗书漫古今，频年流落易伤心。

南冠终日囚军府，北雁何时到上林。

开口摧颓空抱朴，胁肩奔走尚腰金。

莫邪利剑今安在？不斩奸邪恨最深。

◆ **注　释**

1. 宇文虚中（公元 1079—1146 年）：字叔通，成都华阳人。宋徽宗大观三年（1109 年）进士。金兵入侵，他受命于危难之秋，任资政殿大学士、军前宣谕使。宋高宗建炎二年（1128 年），奉命出使金国被扣留，金任其为礼部尚书、翰林学士。高宗绍兴十五年（1145 年），他密谋劫持金帝，挟被金虏的宋钦宗南归，事泄，全家遇害。宋人念其不忘故国，赠谥肃愍。他留金时，写有不少思念祖国、愤激慷慨的诗。有《宇文肃愍公文集》。

2. 流落：本指草木凋零，比喻宋王朝的衰落。

3. 南冠：囚犯。《左传·成公九年》："晋侯观于军府，见钟仪，问之曰：'南冠而絷者，谁也？'有司对曰：'郑人所献楚囚也。'"后以南冠代指囚犯或俘虏。

4. 北雁：传说汉使苏武被扣匈奴，曾系书雁足，达汉帝上林

苑，汉因而索苏武回国。

5. 开口摧颓：直言抨击时弊。

6. 抱朴：抱朴归真，心存正直。

7. 胁肩奔走：耸双肩讨好献媚、钻营趋奉。

8. 莫邪：古代宝剑名。

◈ 解 析

此诗是作者被扣留在金国期间写下的组诗《在金日作》三首之二，深切地表达了缅怀故国之情。

首联感叹国家多难，自己有才难展。这两句是说，自己虽然遍览古今典籍，诗书满腹，但眼看故国一年年走向衰落，而未能一展己才，倍感伤心。

颔联承上，用两个典故说明自己被囚，身不由己，寄希望有朝一日能回归故国，尽节尽忠。这两句是说，我身为囚犯，整日被囚在军营里，大雁什么时候能把此消息带回，让我早日归国？

颈联宕开一层，转写当时朝政的腐朽。这两句是说，看看时下朝政，敢于仗义执言、抨击时弊者，空有一腔肝胆；而善于谄媚奉迎的人，却个个腰系金带位居高官。

尾联归结上文，痛感未得宝剑，未斩奸佞而遗憾。这两句是说，莫邪利剑你现在何处呀？我未能用你去杀掉奸佞之人，深感遗憾。

"身在曹营心在汉"，人在异邦，心向故国，历代多有。南朝梁国庾信，奉命出使西魏，因国内变故被迫留在西魏，虽被许以高官，仍心怀故国，写下 27 首《拟咏怀》诗，以寄故国之思。时隔 500 多年之后，宇文虚中也经历同样遭遇，也不忘家邦，写下《在金日作》组诗，更有劫持金帝、挟宋钦宗南归的爱国举动，致使全家遭杀，可歌可泣。"不斩奸邪恨最深"，浩然之气，充塞天地，故也流播千古。

伤 春

陈与义

庙堂无策可平戎，坐使甘泉照夕烽。

初怪上都闻战马，岂知穷海看飞龙。

孤臣霜发三千丈，每岁烟花一万重。

稍喜长沙向延阁，疲兵敢犯犬羊锋。

◆ **注 释**

1. 陈与义（公元 1090—1139 年）：字去非，号简斋，河南洛
   阳人。宋徽宗政和三年（1113 年）进士，官至吏部侍郎、
   参知政事。支持主战派抗击金兵侵略，恢复中原。他内刚外
   谦，举贤荐能，从不对人言。他是南北宋之交著名诗人，作
   品特点是朴素写实，词句明畅，音节响亮，风格沉郁浑厚，
   类似杜甫。有《简斋集》。

2. 平戎：平定敌寇。

3. 甘泉：即汉代甘泉宫，在今陕西省淳化县甘泉山上。汉文帝
   时，匈奴入侵，烽火直照到甘泉宫。

4. 上都：京城，此指北宋都城汴京（今开封）。

5. 闻战马：指三年前汴京陷落。

6. 穷海：边远的海上，指高宗泛海逃亡。

7. 飞龙：喻皇帝，此指宋高宗。

8. 孤臣：作者自称。

9. 烟花：艳美的景物。

10. 向延阁：指向子諲，字伯恭，时任长沙太守，起兵抗金。汉代皇家藏书处叫延阁，向子諲曾为直秘阁学士，故称他为延阁。

11. 疲兵：疲弱之兵，一说经过苦战后之兵。

12. 犬羊：指金兵。

13. 锋：锋芒，势头。

解 析

此诗作于宋高宗建炎四年（1130 年）春。前一年冬，金兵占南京，破杭州，高宗一路南逃，经扬州、绍兴、宁波，乘舟泛海。次年春，金兵又陷宁波，以舟师追高宗，高宗逃至温州。陈与义闻此消息，有感于国势殆危，忧心如焚，写下这首批评朝廷无能，表彰敢于抗敌的臣民的《伤春》诗。"伤春"，实是哀国。

首联单刀直入，揭示造成国难的原因。这两句是说，朝廷昏庸无能，拿不出退敌之策，致使金兵把战火直烧到京师。

颔联承前，扩充和深化"甘泉照夕烽"的内涵。这两句是说，开始在汴京听到敌人的战马声都感到奇怪，怎么知道三年后皇帝又被追逃入穷海之中。"初怪"与"岂知"四字把金兵三年之中两度大规模入侵的历史囊括无遗。

颈联由叙事转抒情，点"伤春"之题。这两句是说，在这每年都能看见的重重烟花的春天里，今年我这个孤立无援的臣子，倍感伤心忧愁，头发都白了许多，似有三千丈之长。此联点化李白"白发三千丈，缘愁似个长"和杜甫"关塞三千里，烟花一万重"之诗句，愈显自己的伤愁之深。

尾联由愁转喜，热情表彰敢于抗敌的臣民。这两句是说，令我稍感欣慰的是，长沙太守向子諲敢以疲弱之兵抗击金兵，阻挡其来势汹汹的入侵锋芒。与平戎无策的庙堂相比，怎不令人由愁转喜！

陈与义这首七律，被人认为是"南北宋之交最为出色的诗歌"，他直接引用杜甫《伤春》的诗题，来抒写自己对国家处于危急状况的哀愁，骨力和气韵都近于杜甫。尤其是三联"孤臣霜发三千丈，每岁烟花一万重"，化用李杜名句，有青出于蓝而胜于蓝之妙。而且对仗工整，虽承袭两家成句，却对得枘凿相宜，天衣无缝，有如黄山谷所倡导的"脱胎换骨"之功。

胸挟风雷　浩气凌云

满江红

岳 飞

　　怒发冲冠，凭栏处、潇潇雨歇。抬望眼，仰天长啸，壮怀激烈。三十功名尘与土，八千里路云和月。莫等闲、白了少年头，空悲切。

　　靖康耻，犹未雪；臣子恨，何时灭。驾长车，踏破贺兰山缺。壮志饥餐胡虏肉，笑谈渴饮匈奴血。待从头、收拾旧山河，朝天阙。

◆　**注　释**

1. 岳飞（公元1103—1142年）：字鹏举，相州汤阴（今河南汤阴）人。南宋伟大的民族英雄。历任检校少保、招讨使等。他屡败金兵，战功卓著。因坚持抗敌，反对和议，为奸相秦桧构陷，以"莫须有"罪名被害，年仅39岁。后追谥武穆，追封鄂王，后又改谥忠武。他的诗词、文章富有爱国激情和英雄气概，但词仅存3首。有《岳忠武王集》。

2. 三十：是泛指，多年之意。

3. 八千：也是约数。

4. 靖康耻：宋钦宗靖康元年（1126年），金兵陷汴京（今开封），次年俘虏徽、钦二帝北去，铸成奇耻大辱。

5. 驾长车：率领兵马，长驱直进。

6. 贺兰山：在宁夏。缺：山口。此借指金兵的老巢。

7. 胡虏、匈奴：均代指金兵。

满江红，词牌名。此词作于宋高宗绍兴十年（1140 年）七月下旬，从朱仙镇班师回朝，上表请解兵柄之时。岳飞抗击金兵，百战百胜，兵抵朱仙镇，本想一鼓作气，恢复汴京（今开封），直捣金兵巢穴黄龙府之际，奸相秦桧愚弄高宗，与金议和，一日发十二道金牌促岳飞班师，岳飞愤懑至极，归来即请解兵柄。为抒发其愤恨之情，成此气壮山河、雄视千古的名作。

上片抒情，以"怒"字领起，表达渴望为国建功的情怀。

分两层："怒发"以下 6 句，抒由"望"而生之情。即是说，在这潇潇雨歇之时，我凭栏远望，不禁怒发冲冠，仰天长啸，情怀是多么豪壮而激烈。

"三十"以下 5 句，抒由"忆"而生之情。即是说，看看追云逐月的万里征途，想想多年来所建立的功业化为尘土，不禁使人"愤惋泣下"！不要再让青春轻易消逝，待到白发满头，才徒生悲悔之情。

下片言志，以"恨"为轴，表现雪耻灭敌的雄心。

分三层："靖康耻"以下 4 句，写恨之深。这 4 句意思是，金兵虏走徽、钦二帝的奇耻大辱，至今尚未洗雪；作为臣子的这个大恨，何时才能消除呢？

"驾长车"以下 4 句，写灭恨的雄心壮志。即是说，我要率领

胸挟风雷　浩气凌云

119

兵马直捣金兵老巢，吃其肉，喝其血，以遂灭金壮志，笑谈而还。

"待从头"以下3句，抒发收复失地，忠心报国之情。这3句是说，待我重整旗鼓，从头把失地全部收回，然后去朝见皇帝，向朝廷报捷。

岳飞这首《满江红》，为我国文学史上最杰出的爱国主义名篇之一，无论是思想意义，还是社会影响、艺术水平，都远远超过一般的诗词。直到今天，依然被人们广泛传诵，尤其是"莫等闲，白了少年头，空悲切"，这一勖勉力极强的哲理名言激励着千千万万青年奋发图强。

书　愤

陆　游

早岁那知世事艰，中原北望气如山。
楼船夜雪瓜洲渡，铁马秋风大散关。
塞上长城空自许，镜中衰鬓已先斑。
出师一表真名世，千载谁堪伯仲间。

◆　**注　释**

1. 陆游（公元 1125—1210 年）：字务观，号放翁，越州山阴
（今浙江绍兴）人。南宋杰出的爱国诗人。做过朝官，也做
过地方官。他一贯坚持抗金，收复中原，统一国家，因而屡
遭罢黜。晚年退居家乡。他是南宋诗坛领袖，以多种题材、
多样手法、情文并茂的篇章，表现了热爱祖国的庄严主题。
与尤袤、杨万里、范成大并称"南宋四大家"。存诗 9000
余首。有《剑南诗稿》《放翁词》《陆游集》。

2. 瓜洲渡：在今江苏省扬州市邗江区南部，大运河入江处，
是长江的一个重要渡口。

3. 大散关：在今陕西省宝鸡市西南大散岭上，为南宋边防
重镇。

4. 长城：防御工事，喻可倚重之军。

5. 出师一表：指诸葛亮给蜀国后主刘禅上的《出师表》，表达

北上伐魏、统一中原的决心。

6.伯仲间：本指兄弟之间，此指高低之间相差不多。

解 析

《书愤》这首七律写于宋孝宗淳熙十三年（1186年）春，作者当时退居在家乡山阴，时年61岁。诗中通过对往事的追怀，以表现他青年时以身许国、中年时壮志凌云、老年时雄心不减的思想感情。

首联追怀青年时情感与抱负。意思是年轻时，哪里知道世事的艰难，那时我北望中原就立下一定要收复故土的如山壮志。

颔联追述作者所仰慕的两大战役，以表达自己的壮烈情怀。

宋高宗绍兴三十一年（1161年）冬，金兵拟从瓜洲渡口渡江，宋将虞允文等以楼船（战舰）把金兵挡在江北。绍兴三十一年秋，金兵占大散关。次年宋将吴璘收复。这两句说的就是这两次大败金兵的史实，意思是想起这两大战役的胜利，不禁使人胸怀激荡，越发想为国效劳。

颈联追昔抚今，感叹壮志未酬。这两句是说，抗金救国不能如愿，我空以塞上长城自许；岁月流逝，对镜照影，鬓发已先斑白。

尾联借诸葛亮以自喻。这两句是说，诸葛亮的《出师表》真是名传万世之作，时过千载，有谁能够跟他比高低呢？言外之意是，朝中投降派当权，无人能像诸葛亮那样领军北伐，恢复中原。

这首《书愤》气势雄浑，音韵铿锵，语言明快，为国尽忠、老而弥坚之志，跃然纸上。

水龙吟·登建康赏心亭

辛弃疾

楚天千里清秋，水随天去秋无际。遥岑远目，献愁供恨，玉簪螺髻。落日楼头，断鸿声里，江南游子。把吴钩看了，栏杆拍遍，无人会，登临意。

休说鲈鱼堪脍，尽西风、季鹰归未？求田问舍，怕应羞见，刘郎才气。可惜流年，忧愁风雨，树犹如此！倩何人唤取，红巾翠袖，揾英雄泪。

◇ **注 释**

1. 辛弃疾（公元 1140—1207 年）：字幼安，号稼轩居士，山东历城（今济南）人。宋代杰出的爱国将领和诗人。他生长在金人占领区，22 岁就组织义军，参加抗金起义，后被宋高宗召见授官右承务郎，但未受重用，所陈恢复失地的方略《美芹十论》《九议》等，也未被朝廷采纳。此后历任滁州知州和湖北、湖南、江西等路安抚使，虽也惩贪治腐，救灾济民，有所作为，但终不能酬其恢复中原的壮志。他因刚直不阿，力主抗战，屡遭群小排挤，从 43 岁起，闲居信州（今江西上饶）近 20 年。晚年起任浙东安抚使等职，但都不久于职，终因报国无门，壮志未酬，愤郁而终。他的词多充满爱国激情，内容丰富，格调激昂，悲壮豪放，具有强烈

胸挟风雷　浩气凌云

123

的艺术感染力，在文学史上占有重要地位。与苏轼齐名，世称"苏辛"。有《稼轩词编年笺注》《稼轩长短句》等。

2. 水龙吟：词牌名。赏心亭：在南京水门城上。

3. 遥岑：指江北沦陷区的远山。

4. 玉簪螺髻：用女人的头饰发型比喻远山形状。

5. 断鸿：失群孤雁。

6. 季鹰：指晋代吴郡人张翰，字季鹰。

7. 求田问舍：买田置房。

8. 刘郎：此指刘备。

解 析

此词作于宋孝宗乾道五年（1169 年），当时作者在建康（今南京）做江东安抚使参议官，已南归 10 多年。此词抒发了作者抗金救国的壮志，谴责了政治庸人的误国，忧虑国事日非、国势危殆。

上片借景抒怀，分三层。

"楚天"以下 5 句为第一层，写登临所见之江南秋水秋山。这 5 句是说，楚天千里，空阔明净；大江东流，浩浩荡荡，秋水无边，水天合一；再举目远望，遥远的小高山，形如玉簪螺髻，可它仍在沦陷区里，不禁使人为之顿生忧愁愤恨。

"落日"以下 3 句为第二层，借落日、断鸿之景，抒发自身远游江南，不得北归的惆怅之情。这 3 句是说，看着残阳从楼头西沉，听着失群孤雁的哀鸣，我这远离故乡的游子倍感凄凉与孤独。

"把吴钩"以下 4 句为第三层，进一步写欲酬壮志，又无人领会的痛苦心情。这四句是说，空握宝剑，不能灭敌，登临感慨，拍遍栏杆，却无人领会我效命沙场、收复失地的意愿。

下片托史寓志，也分三层。

"休说"以下 6 句为第一层，借两个典故，表明自己不恋故土、不谋私利的志向和抱负。据《世说新语·识鉴》载，张翰在洛阳做官，见秋风起，因思家乡的菰菜、莼羹、鲈鱼脍，遂弃官归吴。此反用其意，诗人在这里说：自己不会像张翰那样，不顾国家大事，只依恋故土。据《三国志·陈登传》载，在当时国家动乱、帝王失所的形势下，许汜不思匡济天下，只顾个人求田问舍，受到以兴复汉室为抱负的刘备的批评。诗人用此典，是表明自己与图谋私利的许汜不同，怀有救世的政治抱负。

"可惜"以下 3 句为第二层，感叹时光流逝，如树大人老，壮志难酬。这 3 句是说，真可叹惜，时光过得太快了，国家还处于风雨飘摇之中，而我如树大年老，怎不伤心、忧愁而泪下？

"倩何人"最后 3 句为第三层，抒发"知音难逢"的痛苦心情。这 3 句是说，要请谁唤取来红巾翠袖女子，替我揩干这英雄失意、壮志难酬的泪水呢？请缨无路的悲痛之情，溢于言表。

稼轩词，有"南宋词坛第一"之称。此词写作特点是景与情、史与志，两相契合，巧切肯綮。尤其是史实、典故的采撷与化用，出神入化，含英嚼华，令人体味无穷。

过零丁洋

文天祥

辛苦遭逢起一经，干戈寥落四周星。
山河破碎风飘絮，身世浮沉雨打萍。
惶恐滩头说惶恐，零丁洋里叹零丁。
人生自古谁无死，留取丹心照汗青。

◆ **注　释**

1. 文天祥（公元1236—1283年）：字宋瑞，又字履善，号文山，吉州庐陵（今江西吉安）人。宋末杰出的民族英雄，爱国的政治家、文学家。宋理宗时状元，官至丞相，封信国公。宋都临安（今杭州）危急时，他请率20万义军背城一战。后奉命至元营议和，因坚决抗争被扣留，冒险逃脱到温州，拥立益王赵昰，以图复兴，转战于赣、闽、岭南等地，兵败被俘。在拘囚的四年中，敌人百般劝降，誓死不屈。编《指南录》，作《正气歌》，大义凛然，终在元大都（今北京）菜市口被害。其诗多为感慨国事，抒发爱国之情，表现出崇高的民族气节。有《文山先生全集》。

2. 遭逢：际遇，得到提拔。

3. 起一经：科举考试以经义取士，考中者叫明经。文天祥由进士第一名（状元）出身而官至丞相，故说自己"起一经"。

4.干戈寥落：指抗元战争失利。

5.四周星：四年，地球绕太阳一周为一年，故叫一周星。星，此指太阳。

6.惶恐滩：原名黄公滩，以音谐而讹传。此滩是赣江自江西赣县至万安县18滩中最险的一滩。

7.零丁洋：在今广东中山市南珠江口外。后一个"零丁"，亦写作"伶丁"。

8.汗青：青史。古时把历史写在竹简上。先刮去竹片青皮，再用火烤出汗，以便书写和防虫蛀，这叫"杀青"。故历来把史书叫"汗青""青史"。

解 析

南宋帝昺祥兴元年（1279年）十二月，文天祥在广东海丰县五坡岭不幸兵败被元军所俘。元军都元帅、汉奸张弘范挟文天祥随船同往攻击崖山（今广东新会南珠江口大海中），张弘范强迫文天祥招降坚守崖山的将领张世杰，文天祥严词拒绝，把过零丁洋拟好的这首诗给他。

首联回忆往事。第一句是说，自己参加科举考试，考取状元而得到皇帝提拔当上丞相。第二句是说，自德祐元年（1275年）春起兵抗元，至兵败被俘（1279年年初）整4年。

颔联承上，感叹国家的危难和个人的不幸。这两句意思说，国家山河被敌人占去不少，山河破碎如柳絮飘散，国势危殆；自身遭难，恰似雨打浮萍漂泊浮沉，备尝艰辛。

颈联承上"身世浮沉"转到现实，描写兵败与被俘情景。文天祥在江西与元兵作战，兵败，经惶恐滩退至福建汀州。"零丁洋"，地名，在广东省中山市南零丁山下。后一个"零丁"也作"伶丁"，为孤单危苦无援的样子。

尾联表达忠心报国、誓死不降的决心。"丹心照汗青"，赤诚之心照耀史册。

这是一首千古传诵的著名爱国诗篇。结尾一联"人生自古谁无死，留取丹心照汗青"，千百年来不知激励了多少中华儿女为民效命、为国捐躯。其强烈的感染力和扣人心弦的震撼力，前无古人，后无来者，成千古绝唱。

正气歌

文天祥

天地有正气，杂然赋流形。
下则为河岳，上则为日星。
于人曰浩然，沛乎塞苍冥。
皇路当清夷，含和吐明庭。
时穷节乃见，一一垂丹青。
在齐太史简，在晋董狐笔。
在秦张良椎，在汉苏武节。
为严将军头，为嵇侍中血。
为张睢阳齿，为颜常山舌。
或为辽东帽，清操厉冰雪。
或为出师表，鬼神泣壮烈。
或为渡江楫，慷慨吞胡羯。
或为击贼笏，逆竖头破裂。
是气所磅礴，凛烈万古存。
当其贯日月，生死安足论。
地维赖以立，天柱赖以尊。
三纲实系命，道义为之根。
嗟余遘阳九，隶也实不力。
楚囚缨其冠，传车送穷北。
鼎镬甘如饴，求之不可得。

阴房阗鬼火，春院闭天黑。

牛骥同一皂，鸡栖凤凰食。

一朝蒙雾露，分作沟中瘠。

如此再寒暑，百沴自辟易。

哀哉沮洳场，为我安乐国。

岂有他缪巧，阴阳不能贼。

顾此耿耿存，仰视浮云白。

悠悠我心悲，苍天曷有极。

哲人日已远，典型在夙昔。

风檐展书读，古道照颜色。

解 析

　　这首诗作于元世祖至元十八年（1281 年）夏，作者被押赴燕京（今北京）囚禁的第二年。诗人畅抒胸臆，表现了不可撼动的昂然正气，为千古名篇。原诗前有 200 余字的序文，因篇幅所限，此处未录。

　　分四大层次析之：

　　第一层，开头 10 句纵论正气的各种形态以及在不同时期的不同表现。

　　第一、二句总述天地正气丰富多彩，具有不同的形态。

　　第三句至第六句具体说，正气在地上表现为山河，在天上是日月星辰，在人身上是浩然之气，充塞天地之间。

　　"皇路"二句说每当国家政治昌明、繁荣富强之时，浩然之气便在朝廷上和谐地表露出来。

"时穷"二句说，当国家处危难之时，节操（正气）就显露出来，那忠贞之士的名字和事迹就会留在史册上。

第二层，"在齐"以下16句列举历史上不同时期12位具有浩然之气的典型人物，来具体说明正气的社会历史作用。

"在齐太史简"，在春秋时齐国表现浩然之气的太史（史官），忠实地在竹简（史书）上记录下大夫崔杼杀死齐国君的史实，太史兄弟三人因此先后被杀，四弟继任仍如实写上。

"在晋董狐笔"，在春秋时晋国表现浩然之气的是太史董狐，他也如实记录了大夫赵盾的族侄赵穿因晋灵公要杀赵盾而杀死晋灵公的史实，在史书上写上"赵盾弑其君"，孔子称赞这是"良史"笔法。

"在秦张良椎"，在秦朝表现浩然之气的是张良为报祖国韩国被秦所灭之仇，招收大力士用120斤铁椎杀秦王未遂，后张良辅佐刘邦灭秦建汉朝。

"在汉苏武节"，在汉朝表现浩然之气的是苏武，他持节出使匈奴被扣押19年而不投降，终于归国。

"在严将军头"，三国时有一位表现浩然之气的守巴郡的严颜将军，被张飞俘获而不降，并说："我州只有断头将军，没有投降将军。"

"为嵇侍中血"，晋朝侍中嵇绍在皇室内讧时，为保护惠帝而身中刀箭，血溅惠帝衣死去，也是浩然之气。

"为张睢阳齿"，唐朝有浩然之气的是张巡，在安史之乱时为守住睢阳城，拼死而战，大呼誓师"齿牙尽碎"。

"为颜常山舌"，唐朝还有一位颜杲卿做常山太守，当安禄山作乱则起兵讨伐，后城陷被俘大骂不降，被敌断舌而杀。

"或为辽东帽"，东汉末年一位有浩然之气的人士是管宁，在天下大乱时他避居辽东，魏文帝、魏明帝先后请他出来做官皆不受，居辽东30年，戴黑帽，穿布衣，安贫讲学，品德高尚。

"或为出师表"，三国时再一位有浩然之气者为诸葛亮，他任蜀汉宰相，先后两次上表后主，表明为统一中原"鞠躬尽瘁，死而后已"的忠心。

"或为渡江楫"，晋祖逖为收复被北方少数民族侵占的国土，在渡江舟上击楫立誓北定中原，后果收复黄河以南失地。

"或为击贼笏"，唐代有浩然之气的人还有段秀实，在唐德宗时朱泚谋反，段秀实在朝堂上用笏把朱泚的头打破，表现出为国讨贼的忠勇气概。

以上所举12位历史人物，都是"于人曰浩然"的典范，都是"时穷节乃见"的楷模。大量史实说明，正气自古至今都是激励和鼓舞仁人志士的力量，都具有撼动人心的威力。

第三层，"是气所磅礴"8句，在上述实证的基础上，再升华到理性高度，从普遍性方面，深入一层说明正气威力是无穷的。

"是气"二句谓正气浩大无边，骏烈万古长存。

"当其"二句谓当忠贞之士的正气横贯日月的时候，就不会去计较个人的生死了。

"地维"二句谓天和地的存在，均有赖于正气。

"三纲"二句谓三纲（君为臣纲、父为子纲、夫为妻纲）的命脉是正气，道义则以正气为根本。三纲五常，本为封建道德标准，但文天祥是以它作为忠于故国的信念，这是历史的局限性。

第四层，"嗟余遘阳九"至完结共 26 句，以作者自身的艰难困厄的经历，进一步说明浩然之气的非凡作用，并表示在国家面临存亡、令人心忧的困境下，要以古代贤哲为楷模，继续学习，让正气永放光芒。

"嗟余"二句说我遇上国势危亡的厄运（道家称厄运为阳九运），可叹我自己（谦称为隶）无力挽救。

"楚囚"二句谓自己身为俘虏囚徒，被北送至元大都（今北京）。

"鼎镬"二句谓身受鼎镬煮死的酷刑，我看作吃饴糖一样求之不得的事。

"阴房"二句谓囚室阴暗寂静，鬼火出没，院门整天紧闭。

"牛骥"二句以牛马同槽、鸡凤同食喻敌人贤愚不分，把君子小人囚于一室。

"一朝"二句谓一旦为风寒雨露所侵，本应得病而死，尸体（瘠）弃于沟壑。

"如此"二句谓在这样恶劣的环境里过了两年，百病（百疠）都退避而不沾我的身。

"哀哉"二句谓可悲叹的这阴湿的地方，竟成了我的安乐国。

"岂有"二句谓哪里有什么智谋奇术，使得寒暑不能侵害（贼）我？

"顾此"二句谓没有别的法术，只靠心中的耿耿正气。这样就视富贵如浮云。

"悠悠"二句谓我对亡国之忧，像天一样没有尽头。

"哲人"二句谓古代贤哲们虽然距今已经很远，但他们从前的光辉事迹是我们学习的典范。

"风檐"二句谓在临风的屋檐下展开史册阅读，古代传统美德的光辉就照耀在自己的眼前。

《正气歌》是一首五言古诗，篇幅较长，共 60 句 300 字。与文天祥另一首七律《过零丁洋》，都是千百年来广为传诵的名篇，是其诗歌中最具代表性的作品。它所体现的伟大的爱国主义精神、崇高的民族气节和至死不渝的坚贞意志，是我们中华民族极其宝贵的精神财富。

过文登营

戚继光

冉冉双幡度海涯，晓烟低护野人家。
谁将春色来残堞，独有天风送短笳。
水落尚存秦代石，潮来不见汉时槎。
遥知百国微茫外，未敢忘危负岁华。

◆ 注 释

1. 戚继光（公元 1528—1588 年）：字元敬，号南塘，登州（今
   山东蓬莱）人。明代抗倭名将，伟大的民族英雄，杰出的爱
   国诗人。出身将门，17 岁便当上登州卫指挥佥事。明嘉靖
   年间，日本浪人勾结海盗，多次大规模侵掠我国沿海各省，
   使东南沿海一带人民遭殃甚深。他调到浙江任参将之职，和
   另一位爱国将领俞大猷配合，抵抗入侵的倭寇。基本平定倭
   寇后，又都督蓟门（今北京、天津一带）十余年，节制四镇，
   保卫北方边疆，立下丰功伟绩。当时明王朝由奸相严嵩父子
   掌权，政治腐败，戚继光多次遭诬陷，受停俸、去职处分。
   但他始终热血沸腾地投入保国卫民的伟大斗争。其诗大部分
   抒发了爱国主义激情，记述了抗倭斗争的实况，气势鹰扬，
   文采熠熠。戚继光的诗与另外两位民族英雄于谦、俞大猷的
   诗，在明代诗风靡靡之时，是大放异彩的，尤引人注目。

2. 冉冉：徐徐貌。

3. 幡：直挂的长条形旗子。

4. 度海涯：戚继光此次从山东即墨出海，沿海岸前往山东半岛东部海防各营地，故曰之。

5. 谁：实指戚继光一行。

6. 残堞：年久失修的古城墙。

7. 秦代石：秦始皇记功的石刻。

8. 汉时槎（chá）：汉代的船。

9. 百国：原意为许多国家，此特指日本，因为日本国由许多岛屿组成，可以说是百岛之国。

解　析

《过文登营》是作者巡视海上驻军，到山东文登山营卫时作。

首联写出海巡防的行踪与时间。这两句是说，早晨烟雾尚未从百姓人家的村庄上散去，我们就乘着两边挂有旗子的大船，缓缓地行进，渡海至文登山营卫。

额联承上，写到文登山营卫之后所见所闻。这两句是说，谁将春色带到这古城墙上来，使它顿发生机？放耳一听，只有阵阵海风吹送来短促的军号声。"残堞""独有"，既写出营地之萧瑟、冷峻，也含有对朝廷不重视海防建设之微词。

颈联由眼前景转写古时事。这两句是说，水落之时，尚依稀可见秦始皇在石上所刻记功文字，而潮来之时，就不能见到汉代舟船曾留下的残迹。此写"秦代石""汉时槎"，意在借喻秦汉国力强大，而"尚存""不见"则暗指现在国力的衰微，与上联"残堞""独有"相呼应。

尾联明志，说明自己责任重大，不能有丝毫懈怠，虚度年华。这两句是说，我深知在遥远迷茫的大海之外，还有经常侵扰我国的日本倭寇，决不敢忘记国家的安危而虚度年华，辜负国家赋予保卫海疆的重托。

这首七律通过巡视海上驻军之所行、所见、所闻、所思、所感，抒发其关心国家安危的耿耿襟怀，是一首充满爱国之情的优秀诗篇。

复 台

郑成功

开辟荆榛逐荷夷，十年始克复先基。
田横尚有三千客，茹苦间关不忍离。

◆ **注 释**

1. 郑成功（公元 1624—1662 年）：本名森，号大木，福建南
   安人。明末伟大的民族英雄，收复台湾的名将。南明永历帝
   封为延平郡王。永历十五年（1661 年），他率将士数万人进
   军台湾，经过八个月战斗，于康熙元年（1662 年）二月一
   日，终于驱逐荷兰殖民主义者，收复台湾。

2. 复台：收复台湾。

3. 荆榛：此泛指丛生的草木。

4. 田横：战国时代的齐国贵族。秦朝末年，刘邦大将韩信破
   齐，田横自立为齐王。及刘邦为帝，田横率其徒属五百余人
   逃入海岛而不降，最后都自杀。

5. 间关：崎岖辗转也。

> **解 析**

明熹宗天启四年（1624 年），荷兰殖民主义者强行霸占我国

固有领土台湾。台湾人民多次奋起反抗，因多种原因，先后失败。1661 年，郑成功率舰队从金门出发，经澎湖直抵台湾，先攻克赤嵌（今台南市附近的安平区），后边屯田、边战斗，终于在 1662 年 2 月，迫使荷兰首领揆一投降，率残兵 500 人撤走，沦陷 38 年的台湾得以收复。此诗便是在收复台湾之时作的。

首联概写收复台湾的艰难历程。这两句是说，从先父郑芝龙在台湾开发土地、反对侵略者到最终逐走荷兰殖民者，先后经过 10 年的艰难过程，才得以恢复先人的基业。

尾联以田横故事说明要与部属一起，坚持艰苦斗争，固守台湾，决不轻易离开。这两句是说，田横有五百徒属，无论多么艰苦、坎坷，都不肯分离；我现在还有三千部属，不管今后道路如何艰辛和曲折，决不轻易离去。

此诗重要意义在于"逐荷夷"而"复台"。另一重要意义在于"开辟荆榛""茹苦间关不肯离"。郑成功率领三千部属，披荆斩棘，垦荒屯田，开发台湾，发展台湾的经济，纵然含辛茹苦不肯离去。这是相当可贵的捍卫领土、建设祖国的英雄义举。

和《浩气吟》

张同敞

连阴半月日无光，草簟终宵薄似霜。

白刃临头唯一笑，青天在上任人狂。

但留衰鬓酬周孔，不羡余生奉老庄。

有骨可抛头可断，小楼夜夜汗青香。

◆ **注　释**

1. 张同敞（公元 1608—1651 年）：号别山，湖广江陵（今湖北江陵）人，明代著名首辅、政治家张居正之曾孙，著名抗清民族英雄。南明永历帝时为兵部右侍郎、广西总督。永历四年（1650 年），清兵入广西，明诸将不战自溃，张同敞主动要求与留守桂林的瞿式耜一起拒敌，城破被俘，与瞿同囚。张在囚中受刑甚酷，双臂都被折断，但从容斥敌，不屈不挠，于桂林独秀峰下，凛然就义。

2. 草簟（diàn）：草席。

3. 任人狂：任其随心所欲，嬉笑怒骂。

4. 留衰鬓：指保留明朝发式，决不削发降清。

5. 周孔：指周公和孔子。他们二人为中国传统所尊崇的圣人。

6. 不羡余生奉老庄：据《明史》本传记载，当时明朝不少故臣出家为僧为道，以度余生，而张同敞决心以身殉国。老庄，老子和庄子，为道家学说的创始人，主张清静无为。

7. 小楼：此指拘禁志士的囚室。

解析

瞿式耜有《浩气吟》8首，张同敞步韵和8首，为被俘后同囚民舍中所作。此为所和8首中之一首。

首联写囚室的阴森与寒冷。这两句是说，半月来连绵阴雨，不见一丝阳光；囚室里草席薄薄一层，整夜如卧冰霜。

额联写不怕牺牲，决心一死。这两句是说，纵然刀刃临头，我只一笑置之；何况有青天在上，可鉴我之忠心，自可任我笑骂那些凶残敌人和无耻败类。

颈联写所崇奉的为人之道和持身之则：效法圣人，不苟且偷生。这两句是说，我但留衰鬓决不削发，以酬报周孔圣人的教诲；决不信奉老庄哲学，避世出家，以度余生。

尾联写决心以身殉国，弘扬民族精神。这两句是说，我的头可断，骨可抛；但要让拘禁我们的囚室小楼，永远散发其巍然昂立的不屈不挠的芬芳。

此诗为步韵和诗，与瞿式耜的《浩气吟》同在一囚室中写成。不仅形式相同，写作背景相同，而且所表现的"威武不能屈"的浩然正气和临难不苟的崇高民族气节，也是一样的，一同表现了报效祖国、宁死不屈的精神。

胸挟风雷　浩气凌云

次韵答陈子茂德培

林则徐

送我凉州浃日程，自驱薄笨短辕轻。

高谈痛饮同西笑，切愤沉吟似《北征》。

小丑跳梁谁殄灭？中原揽辔望澄清。

关山万里残宵梦，犹听江东战鼓声。

◆ **注 释**

1. 次韵：又叫步韵，是按照陈子茂给他的原诗韵脚来写和诗。

2. 陈子茂：名德培，字子茂，当时任甘肃安定县（今定西市）主簿，乃作者友人。

3. 浃日：十日。古代用干支纪日，从甲至癸为天干，满一周正好是十日，叫浃日。浃，周匝的意思。

4. 西笑：语出汉桓谭《新论》："人闻长安乐，则出门西向相笑。"长安，西汉京都，西向相笑，即西向长安相笑，以示与京都同乐。此借指议论京都之事。

5. 《北征》：指班彪《北征赋》。西汉末年，中原连年战乱，班彪避居河西，作《北征赋》，以抒发抑郁苦闷之情。林诗用这个典故，是说他们一路作诗表达着像《北征赋》一样的情绪。

6. 小丑跳梁：此指英国侵略军猖狂作乱。

7. 殄灭：彻底消灭。

8. 澄清：澄澈清朗，双关语，寓指清明政治。

9. 江东：泛指长江下游和江南一带。这年五六月间，英国侵略军攻陷上海、镇江，进逼南京。

此诗系作者于遣戍伊犁途中写给驾车送行的友人陈子茂的和答（二首选一）。

首联二句是说，陈子茂从兰州送作者至凉州（今甘肃武威）有十余日路程，自驾之小车虽很简陋笨拙，却很轻松有意思。

颔联二句意思是一路上两人有时高声谈笑、放量饮酒，一同议论京都之事；有时深切悲愤，沉痛吟诗，共抒抑郁之情。

颈联二句大意是，揽辔（手挽马缰）眺望中原不禁思绪烦纷：谁能去消灭那作恶多端的英国侵略军；谁能去刷新政治，使中原重现清明？

尾联二句的意思是说，我虽然充军到万里关山之外，然心中仍惦念抗英战事，于五更梦中，还似听到江东抗英的战鼓声。

此诗点睛之笔是"关山万里残宵梦，犹听江东战鼓声"两句。它充分表达了林则徐无论人在何地，身处何境，而忧国忧民之心殆无消歇的精神。

胸挟风雷 浩气凌云

新 雷

张维屏

造物无言却有情，每于寒尽觉春生。
千红万紫安排着，只待新雷第一声。

◆ **注 释**

1. 张维屏（公元 1780—1859 年）：字子树，号南山，又号松
   心子，广东番禺人。清道光年间进士，做过几任地方官，是
   嘉庆和道光年间的著名诗人。鸦片战争中，他歌颂抗英斗争
   特别是三元里人民英勇斗争的诗很有名，充满爱国热情。有
   《松心诗集》《松心文集》《国朝诗人征略》等。
2. 造物：指天。
3. 千红万紫：语出朱熹《春日》："等闲识得东风面，万紫千红
   总是春。"
4. 安排着：布置妥当了。着，语助词。

解 析

　　这首《新雷》约作于道光四年（1824 年），有盼望社会发生新
变动的含义。

　　这首七绝为咏物诗。咏物诗特点是托物以寄志，借言以抒怀。

作者晚年目睹帝国主义侵略和清廷的腐败无能，盼望社会发生新变，于是借咏新雷，抒发其对新国运、新民生之期待与追求。

此诗充满哲理。"无言"而"有情"，"寒尽"而"春生"，"安排"而"只待"，说明新旧替变，以新代旧，乃自然与社会之固有客观规律。

诗之语言，清新晓畅。虽多有所本，而无晦涩之病。知其本者，固可深谙其所寓；不知者，也能自解。如此者，可称技艺纯熟，炉火纯青。

胸挟风雷　浩气凌云

咏 史

龚自珍

金粉东南十五州，万重恩怨属名流。

牢盆狎客操全算，团扇才人踞上游。

避席畏闻文字狱，著书都为稻粱谋。

田横五百人安在，难道归来尽列侯？

◆ **注 释**

1. 龚自珍（公元 1792—1841 年）：字璱人，号定盫，浙江仁和（今杭州）人，38 岁中进士，仕途不得意，曾与林则徐、魏源等结成"宜南诗社"，讲求经世之学，精通经学、史学和文字学，是清代著名的文学家、思想家，资产阶级改良主义的先驱，48 岁时因对清朝腐败政治不满，辞官南归。他的诗，辞采瑰丽，气势雄放，意境超迈，充溢着愤世忧国的豪情。有《龚自珍全集》。

2. 咏史：名为咏史，实为讽今。

3. 金粉：妇女化妆用的金钿和铅粉，此指富庶繁华。

4. 十五州：泛指长江下游江南一带。

5. 牢盆：古代煮盐的工具。此代指大盐商、权贵和富豪。

6. 狎客：指陪伴权贵游乐、趋炎附势的那些人。

7. 操全算：操纵把持全局的谋划和大权。

8. 团扇才人：此指无行轻薄的文人。

9. 避席：古人席地而坐，离座而起称避席。此指由于害怕而躲开。

10. 文字狱：清朝统治者为了镇压具有反抗思想的文人，往往从其诗文中寻章摘句，罗织罪名，残酷迫害，称为"文字狱"。

11. 稻粱谋：指谋生求食。

12. 列侯：汉朝制度，异姓有功而封侯，称为"列侯"或"通侯"。

解　析

这首《咏史》作于清道光五年（1825 年），采用历史上的名词、典故，揭露和讽刺清王朝黑暗的政治现实。

首联概述繁华的江南社会名流之间争名夺利，矛盾重重。这两句是说，在那繁华富庶的江南一带，社会名流之间争名夺利，钩心斗角，恩恩怨怨，不胜其多。

颔联承上，具体揭露上层社会的黑暗。这两句是说，在上层社会里是富豪、权贵和陪伴他们的狎客，操纵着全部财政大权；是善于钻营拍马的无耻文人，占据着有权有势的显要地位。

颈联转写一般知识界令人不安的状况。这两句是说，一向比较清白正直的知识界中大批文人，由于惧怕遭受文字冤狱而避席躲开；即使是写作著书，也仅仅是为了谋食求生存。

尾联用田横故事结题，对当时整个社会的黑暗、腐朽、没落表

胸挟风雷　浩气凌云

示愤慨。这两句是说，田横的 500 人到哪里去了？难道都从海岛归来，投降汉朝，都被封为列侯了吗？尾联此问，实是作者感慨当时有气节的志士实在太少，而醉心利禄的庸人又举目皆是，所以作者有此一问。

这首《咏史》取材巧，命意奇，遣词妙，用典切，正中时弊，表现了诗人的忧国情怀。正是这种情怀，使作者在《己亥杂诗·一二五》这首诗中，深深表达了对济世之才的渴望。

"九州生气恃风雷，万马齐喑究可哀。我劝天公重抖擞，不拘一格降人才。"此七绝揭露了清王朝摧残人才所造成的"万马齐喑"的可悲局面；渴望社会能发生巨大变革，使各式各样的人才都能涌现出来，改变国家命运，造福人民。

述志诗

洪秀全

手握乾坤杀伐权，斩邪留正解民悬。
眼通西北江山外，声振东南日月边。
展爪似嫌云路小，腾身何怕汉程偏。
风雷鼓舞三千浪，易象飞龙定在天。

   注 释

1. 洪秀全（公元1814—1864年）：原名仁坤，广东花县（今
   广州市花都区）人，农民出身的贫苦知识分子，太平天国农
   民起义领袖。清道光二十三年（1843年）六月，他创立了
   农民革命组织"拜上帝会"，提出了"天下一家，共享太平"
   的思想。清咸丰元年（1851年），发动农民在广西桂平金
   田村起义，建号太平天国，自称天王。1853年，定都南京，
   改名天京。清同治三年（1864年）洪秀全病逝，天京陷落，
   起义失败。
2. 西北：隐指西方列强。
3. 东南：与西北对举，有泛指全国之意。
4. 汉程偏：银河河道偏离直线正道。喻指清王朝无道。
5. 风雷：喻疾风迅雷般的革命行动。

胸挟风雷 浩气凌云

解 析

此诗见于《洪仁玕自述》，据称作于清道光十七年（1837年）洪秀全落第还乡之时。

首联写其"手握乾坤""解民悬"的鸿图大志。这两句是说，我立志要手握天地间生杀予夺的大权，斩除邪妖，扶植正气，救民于水火，解民于倒悬。

颔联以龙自喻，写其眼其声，说明要放眼世界，威震中华。传说，龙飞天上，眼观江山外，声振日月边。这两句是说，我要与龙一样，眼观江山外，注视西方列强的动静；声振日月边，在国内干轰动人世的大事业。

颈联以龙自比，写其爪其身，说明要大显身手，夺取天下；不怕道路曲折艰难，定要克敌制胜。

尾联以龙自许，说明要如龙一样，挟风雷，鼓巨浪，飞上云天，登上皇位，取清皇而代之。

此诗首联抒胸臆外，通篇以龙自喻自许，以示其宏图大志。气魄宏伟，设喻形象，别具述志诗之一格。"斩邪留正解民悬"，志向崇高，终不愧为农民起义领袖。

蒿目时艰　拯溺救危

挽刘道一

孙 文

半壁东南三楚雄，刘郎死去霸图空。
尚余遗业艰难甚，谁与斯人慷慨同。
塞上秋风悲战马，神州落日泣哀鸿。
几时痛饮黄龙酒，横揽江流一奠公。

◆ **注 释**

1. 孙文（公元 1866—1925 年）：号逸仙，化名中山樵，广东
   香山县（今中山市）人，中国民主主义革命的伟大先驱。他
   领导辛亥革命，推翻了几千年的封建帝制，他为革命奋斗一
   生，建立了不朽功勋。有《孙中山全集》。

2. 刘道一：生于 1884 年，字炳生，湖南衡山人，同盟会会员。
   1906 年在湖南长沙负责酝酿反清武装起义，同年 12 月被
   捕，备受严刑拷打，英勇不屈，慷慨就义于浏阳门外，时年
   22 岁。

3. 三楚：秦汉时把原战国楚地分为西楚、东楚、南楚。

4. 黄龙：金人国都黄龙府，在今吉林省长春市农安县。

本诗是对同盟会烈士刘道一的哀悼诗。

首联是说，湖南位于三楚之地，在半个中国之中具有重要战略地位，刘道一的牺牲，使推翻清政府的雄图大计深受影响。

颔联意思是烈士遗留下来尚待完成的革命事业十分艰巨，有谁能有他那样昂扬的革命精神。

颈联通过悲战马、泣哀鸿的景象描写，以象征当时国内形势：一方面是革命受挫折，革命志士如战马悲秋；另一方面是在日薄西山的清王朝统治下，人民像哀鸿泣落日一样过着悲惨生活。

尾联借岳飞曾说直捣黄龙府痛饮庆功酒的典故，比喻推翻清王朝；以横取江水当酒来祭奠刘道一。

此诗表达的心情十分悲痛：从事业看，三楚本可作为推翻清王朝的基地，而今失去刘郎，革命事业遭受重大挫折，"霸图空"，此为一痛；从人才看，刘道一是一位年轻有为、坚强英勇，极富战斗精神的英雄。他死后，却少有人可与之匹敌，"谁与同"，此为二痛；从形势看，神州萧瑟，遍地哀鸿，"悲风""泣日"，此为三痛；从前途看，遗业艰难，黄龙未捣，"几时痛饮"，此为四痛。有此四痛，怎么解除？唯有横揽江流一奠公魂，稍可慰藉于万一。"痛饮黄龙酒"和"横揽江流"，不仅益见痛心之极，也显见作者推翻清朝封建统治的坚定决心。

哭铸三尽节黄花岗（二首）

宋教仁

（一）

孤月残云了一生，无情天地恨何平！

常山节烈终呼贼，崖海风波失援兵。

特为两间留正气，空教千古说忠名。

伤心汉室路难复，血染杜鹃泪有声。

（二）

海天杯酒吊先生，时势如斯感靡平。

不幸文山难救国，多才武穆竟知兵。

卅年片梦成长别，万古千秋得有名。

恨未从军轻一掷，头颅无价哭无声。

◆ **注　释**

1. 宋教仁（公元 1882—1913 年）：一名炼，字得尊，号遁初，
自号桃源渔父，湖南桃源人。近代杰出的民主主义革命家，
辛亥革命的重要领袖之一。1904 年与黄兴等组建华兴会，
后又加入同盟会。他与黄兴、赵声、谭人凤等多次策划、举
行武装起义，对辛亥革命推翻清朝帝制有重大功勋。他曾联
络同盟会等 5 个党派改组成国民党，出任国民党代理理事
长，欲以议会多数实行"责任内阁制"。袁世凯惧怕这会威

胁自己的独裁，于 1913 年 3 月派人暗杀了他。他的死既说明资产阶级议会民主的思想在当时具有一定革命性，也说明这种政治制度在中国根本行不通。他曾出任南京临时政府法制院院长。有《宋渔父日记》《宋教仁集》。

2. 铸三：姓陈名更新，字铸三，黄花岗七十二烈士之一。

3. 常山节烈：借唐代常山太守颜杲（gǎo）卿被安禄山俘虏后破口大骂、被割舌而死的典故，以赞颂陈的节烈。

4. 崖海风波：借南宋将领张世杰死守崖山（在今广东），被元军打败而不降的典故，以赞许陈的忠烈。

5. 感靡平：感慨不能平息。靡（mǐ），无，没有。

6. 文山：文天祥别号。

7. 武穆：岳飞死后的谥号。

8. 卅年：陈铸三曾有诗"三十当前好自为"，表达他的革命壮志。

解 析

这两首诗是吊唁资产阶级革命党人、广州起义烈士陈铸三的。题目"尽节黄花岗"意思是竭尽革命气节、竭尽革命忠诚于黄花岗。其背景是，1911 年 1 月孙中山领导同盟会决定筹划在广州发动推翻清王朝的起义。起义于 4 月 27 日发动，终因准备尚不充分和敌我力量悬殊而失败。事后革命党人遗骸 72 具被葬于广州北郊黄花岗，史称"黄花岗七十二烈士"。这两首诗深沉悲切地歌颂了陈铸三为推翻清王朝而英勇牺牲的伟大爱国精神。

蒿目时艰　拯溺救危

第一首

首联两句是说，对广州起义失败，陈铸三死难，心中的悲痛和对清廷的愤恨无法平息。

颔联上句借唐代常山太守颜杲卿被安禄山俘虏后破口大骂、被割舌而死的典故，以赞颂陈的节烈。下句用南宋将领张世杰死守崖山（在今广东），被元军打败而不降的典故，来表达对广州起义因缺乏后援而失败的痛惜。

颈联两句是说，陈的牺牲特为天地间留下了浩然正气，只教千古传诵英名，这是留下的无价珍宝。

尾联两句，作者以杜鹃啼血自比痛感推翻清廷的艰难而又死不罢休的精神。

第二首

首联这两句意思是说，我向大海苍天以杯酒祭祀你的英魂，对革命失败的时势的感慨不能平息。

颔联用文天祥的典故赞颂陈铸三的忠贞不屈，用岳武穆（岳飞）的典故赞颂陈的军事谋略。

颈联意思是说陈不到30岁就壮烈牺牲，一生短促，如片刻之梦，但英名将万古千秋流传。

尾联两句大意是说恨自己没有像烈士那样在战场上牺牲，陈是有为青年，头颅无价，死得太可惜了，为此感到极大悲痛。陈有诗云"头颅拍拍羞无价，三十当前好自为"，表达革命者的壮志豪情，而宋诗在这里全用上了。

这两首吊唁诗为叠韵诗，韵脚相同，且次序不变。用叠韵写吊唁诗，自然不是为了展示作者的诗才，而是用聚焦式方法，更集中对死者表以哀情。两首诗贯穿哀悼这条主线，而前一首重在于颂，后一首重在于哭。写得别具韵致，感人肺腑。笔之所至，英烈活现；情之所至，悲恸欲绝。

咏　鹰

黄　兴

独立雄无敌，长空万里风。

可怜此豪杰，岂肯困樊笼？

一去渡沧海，高扬摩碧穹。

秋深霜气肃，木落万山空。

◇ **注　释**

1. 黄兴（公元 1874—1916 年）：字克强，号杞园，原名轸，字廑午，湖南善化（今长沙）人。1898—1901 年在湖北两湖书院学习。1902 年春夏之交赴日本留学。1904 年成立华兴会，任会长，参加过多次起义。1911 年武昌起义后，被推为革命军总司令。民国元年（1912 年），南京临时政府成立，任陆军总长兼参谋总长。他一度主张与袁世凯妥协，但"二次革命"时他又积极参加，任江苏省讨袁军总司令。1916 年病逝于上海。遗著编为《黄兴集》。

2. 可怜：可爱。

3. 豪杰：指才能出众的人，此喻鹰。

4. 岂肯困樊笼：谓鹰之志向远大。樊笼，囚笼。

5. 沧海：大海。

6. 摩：迫近、擦过。

7. 碧穹：碧空。

据黄兴长子黄一欧回忆，此诗当是他在两湖书院时，为饯送杨笃生、秦力山赴日时所作，黄兴当时力劝杨、秦两位友人丢掉保皇幻想，只有革命，才能救亡图存。

首联写鹰之雄姿和气概。古人写鹰："猛气含谁匹，雄姿邈孰俦。"可谓古今一脉，异曲同工。

颔联写鹰之品性和抱负。此二句是说：才能出众之豪杰，自有远大的志向和抱负，岂肯囚困于樊笼之中？

颈联写鹰之行止和举动。此联是说：飞渡沧海摩挲碧空，正其行之所之，动之所向。

尾联写鹰所羡慕的时间和环境。秋高气爽，木落万山疏朗，正适合鹰驰骋而搏击长空。

《咏鹰》这首五律是黄兴年轻时写的咏物诗。这首诗表现了青年时代的黄兴就已树立了为推翻清廷腐朽统治，实现中国独立富强，像雄鹰那样英勇搏击的远大理想和志向。

蒿目时艰　拯溺救危

出　塞

徐锡麟

军歌应唱大刀环，誓灭胡奴出玉关。

只解沙场为国死，何须马革裹尸还。

◇　注　释

1. 徐锡麟（公元 1873—1907 年）：字伯荪，浙江山阴（今绍兴）
   人，著名的民主革命烈士。年少好学，1901 年被绍兴学堂
   聘为教习。1903 年赴日本参观大阪博览会，游于东京，参
   加营救因"苏报案"入狱的章炳麟的活动，受留日学生的影
   响，立志革命。1904 年回国后在上海参加蔡元培组织的光
   复会。1907 年与秋瑾约定于 7 月中旬在浙、皖两省同时发
   动武装起义，推翻清王朝。因形势紧迫，杀死安徽巡抚恩
   铭后仓促起义，失败被捕。受审时他神色自若，挥笔直书：
   "尔等杀我好了，两手两足断了，全身残了均可。"当晚慷
   慨就义。

2. 胡奴：是古代对少数民族的蔑称，此指清王朝。当时革命党
   人的反清意识中，既有反封建王朝的内容，也有排满的意
   思，这后一面则显出历史的局限性。

3. 沙场：本义平沙旷野，后多指战场。

4. 马革裹尸：常喻为了保卫国家，可以战死疆场。语出《后汉

书·马援传》，东汉马援认为：男子应该死在战场上，以马皮裹尸而回，不能死在炕上任儿女侍弄。作者在这里比马援说得更豪迈，即真正的男子汉只知道为国战死沙场，何必去考虑马革裹尸运回家乡的事呢！

<h2>解 析</h2>

这首《出塞》诗，借旧题抒壮志，英勇豪迈，慷慨激昂，历来为世人所传唱。首句中"大刀环"之"环"与"还"同音，唱大刀环，意指唱凯旋之歌。

第一、二句的意思是，军人应高唱凯旋之歌，誓把满洲贵族赶出玉门关到塞外去。

第三、四句借用"马革裹尸"这个历史典故，抒发他为民族、为国家、为江山社稷，不怕牺牲、战死沙场的豪迈情怀和伟大抱负，励人奋发，鼓人斗志，感人至深，令人敬仰。

蒿目时艰　拯溺救危

黄海舟中日人索句并见日俄战争地图

秋　瑾

万里乘风去复来，只身东海挟春雷。

忍看图画移颜色，肯使江山付劫灰。

浊酒不销忧国泪，救时应仗出群才。

拼将十万头颅血，须把乾坤力挽回。

◆　**注　释**

　　秋瑾（公元 1875—1907 年）：字璇卿，号竞雄，别署鉴湖女侠，浙江山阴（今绍兴）人。中国妇女解放运动先行者，民主革命的女英雄。奉父母之命，嫁一官僚子弟，婚后居于北京，因感于民族危机，立志革命。1904 年夏，她冲破封建家庭的束缚，自筹旅费只身赴日本留学，次年经黄兴介绍，会见孙中山，加入同盟会，同年归国进行革命活动。1907 年她组织光复军，配合徐锡麟起义，徐在安徽安庆起义失败被害，她也被坏人告密，在绍兴被捕壮烈殉难，年仅 32 岁。其诗多具时代内容，表现爱国精神，语言朴素自然，笔力雄健，风格豪爽奔放，慷慨激昂，抒发忧国忧民情感和甘为革命赴汤蹈火的壮志，感人至深。有《秋瑾集》。

此诗作于 1905 年春再次赴日本轮船上。1904 年夏，秋瑾自费只身赴日留学，寻求反清革命的真理。当年年底回国筹措学费，于次年春再赴日本。船到黄海时，日本使者银澜索求赠诗，她正看到日、俄帝国主义为争夺中国东北而开战的战争地图，于是写了这首诗。她深切地表达了对日、俄帝国主义侵略行径和清廷严守"局外中立"的投降政策的愤慨，展现了为挽救祖国的危亡而决心推翻清王朝的伟大革命抱负，可谓巾帼不让须眉耳。

此诗因事而发，内涵十分深广而丰裕。它笔力之雄，气魄之大，情调之昂，意境之高，非凡人可及，具有气豪、情烈、心高、志大几个特点。

气豪："万里乘风去复来，只身东海挟春雷。"去而复来，乘而且挟，只身而万里，其气之豪，难有出其右者。

情烈："忍看图画移颜色，肯使江山付劫灰。"祖国地图色移，江山付劫。诗用"忍看""肯使"两个极具感情色彩的反诘词，表达对凶恶列强、对可耻清廷的愤不可遏之情。

心高："浊酒不销忧国泪，救时应仗出群才。"面对濒危之时局，作者不沉湎于以酒解愁，而是寄希望于雄才之辈出，以济世救时。此等心境，与常人迥异，自高一筹。

志大："拼将十万头颅血，须把乾坤力挽回。"祖国国势如江河日下，作者不坐以待毙，而是立志要抛头颅，洒热血，力挽国运于颓萎，复原江山之本色。这二句尤为扣人心弦。实为戛玉敲金，掷地有声。秦末农民起义领袖陈涉曰："燕雀安知鸿鹄之志哉。"作者此志，绝非如燕雀之小，而自具鸿鹄之大。

　　自古以来女子之诗，大都写离愁别恨、幽情爱恋、纤柔秾艳、嫩秀婉约。如汉代蔡文姬《悲愤诗》："人生几何时，怀忧终年岁。"唐代姚月华《阿那曲》："芳草萋萋春水绿，对此思君泪相续。"又花蕊夫人《采桑子》："初离蜀道心将碎，离恨绵绵。"宋代李清照《声声慢》："满地黄花堆积，憔悴损，如今有谁堪摘。"元代真氏《仙吕解三醒》："三春南国怜飘荡，一事东风没主张，添悲怆。"而秋瑾竞雄此诗，一反历朝女子阴柔之风，锻铸一代阳刚之气，不曰绝后，亦属空前，诚难得矣。

狱中赠邹容

章炳麟

邹容吾小弟，被发下瀛洲。
快剪刀除辫，干牛肉作糇。
英雄一入狱，天地亦悲秋。
临命须掺手，乾坤只两头。

◆ **注 释**

1. 章炳麟（公元 1869—1936 年）：字枚叔，号太炎，浙江余
   杭人。近代民主主义革命家、思想家、著名学者。他公开反
   对康有为等改良派主张，鼓吹革命，宣传民主思想。辛亥革
   命后，反对袁世凯，参加孙中山军政府，先后七次被捕，三
   次入狱。五四运动后思想渐趋向于保守、颓唐。但 1931 年
   九一八事变发生后，主张坚决抗日，强烈反对蒋介石不抵抗
   政策，并赞助抗日救亡运动。他的政论文成就最大，对近代
   哲学、语言学都有所贡献。曾任《民报》《大共和日报》主
   编和孙中山总统府枢密顾问。有《章氏丛书》《章氏丛书续
   编》《章氏丛书三编》等。

2. 邹容（公元 1885—1905 年）：四川巴县人，近代民主革命
   烈士。他 1902 年留学日本，次年回国，著《革命军》一书。

书中大力宣传民主革命，是中国系统阐述民主主义革命理论的第一篇著作，起了振聋发聩的号角作用。章炳麟被捕，邹认为与章鼓吹自己的《革命军》有关，主动投案，在敌人法庭上慷慨陈词，坚贞不屈。在狱中备受折磨，1905 年死于狱中，年仅 20 岁。

3. 糇（hóu）：干粮。

4. 乾坤只两头：天地也只有两颗头颅大，喻志士之伟大。

解 析

此诗作于 1903 年 7 月 22 日。这一年作者因发表批判康有为的文章，为邹容《革命军》作序，并骂光绪皇帝是"小丑"，在上海被捕入狱，与邹容同囚一处。

首联写少年有大志。邹未成年，便"被发下瀛洲"，寻求匡国拯民之道。古代人习惯，成年人要束发，儿童披发。这是指邹容还是少年（17 岁）就去瀛洲即日本留学。

颔联记不平凡人。邹容在日本留学时，不仅自己剪了辫子，还亲手强剪了清政府派去留日陆军学生监督姚文甫的辫子，在留日学生中传为快谈，邹容因此被强迫回国；于学习生活艰苦自厉，以牛肉干作糇，即以干粮充饥。

颈联记述的就是这些事迹。此联悲英雄之遭厄：英雄入狱，天地悲秋，何等凄惨。

尾联表志士之豪情。说临刑的时候我们双挽手，从容而取义；

天地之大，也只有你我这两颗头颅，何等自豪。而"乾坤只两头"，为此诗之警策。此句一出，那种为推翻清廷封建专制、建立民主国家而献身的精神，跃然纸上，使全诗振然。

读陆放翁集（二首）

梁启超

（一）

诗界千年靡靡风，兵魂销尽国魂空。

集中什九从军乐，亘古男儿一放翁。

（二）

辜负胸中十万兵，百无聊赖以诗鸣。

谁怜爱国千行泪，说到胡尘意不平。

◆ **注　释**

1. 梁启超（公元 1873—1929 年）：字卓如，号任公，别署饮冰室主人，广东新会人。近代著名政治家、学者。他和老师康有为倡导变法维新，人称"康梁"。戊戌变法失败后，流亡海外。辛亥革命后回国，曾参加北洋政府。晚年从事学术研究，讲学于清华研究院。他的诗大多作于流亡国外期间，感情真挚，清新明快，一生著作丰富，有《饮冰室合集》148 卷。

2. 陆放翁（公元 1125—1210 年）：南宋爱国诗人陆游，字务观，号放翁。他生活在北部中国被金朝占领而据江南半壁江山的南宋王朝。他一生中虽在军队中任过职，参加过抗金的战斗，但终不被重用，所以直至晚年仍念念不忘沦陷的中原，所写诗歌十分之九都是仰慕歌颂抗敌军人的，充满着兵魂和国魂。梁启超此诗有自注说："中国诗家无不言从军苦者。唯放翁则慕为国殇（敬慕为国牺牲的人），至老不衰。"

3. 亘古男儿：自古以来杰出的男子汉大丈夫。

解 析

这两首绝句是作者读《陆放翁集》后抒发感想之作，作于戊戌变法失败后逃亡日本时的1899年。原诗4首，此选2首。

梁启超读完陆诗集后，对陆游至死不忘收复中原、统一祖国河山的兵魂、国魂——伟大的爱国主义精神极为赞赏，称他是"亘古男儿一放翁"，亘古以来一位杰出的大丈夫。

这两首诗的诗眼是"亘古男儿一放翁"。他认为爱国诗人陆放翁是自古至今真正的男子汉大丈夫。为什么这么说？

第一，历代诗人大多说从军苦，唯有陆放翁诗集中十分之九都说是从军乐，到老不变，"慕为国殇"。

第二，陆放翁与"先天下之忧而忧，后天下之乐而乐"的北宋名臣范仲淹一样，"胸中自有十万甲兵"，有抱负，有谋略。

第三，陆放翁当其未能施展谋略之时，仍不颓丧，不甘沉默，而是把自己一腔爱国热情寄托于诗。以诗鸣愤，以诗明志，以诗忧国忧民（爱国千行泪）。

第四，陆放翁虽不能自始至终在战场上与金兵决一雌雄，然在诗集中"胡尘等字凡数十见"，念念不忘"胡尘"之乱，每说到"胡尘"，意便不平。

　　梁任公此诗一出，"亘古男儿一放翁"便成为百余年来史界、诗界从另一侧面对陆游一生的恰当评价。

　　这两首绝句，是作者诗风最集中最典型的体现，清新明快，感情真挚。从中也可看到，他不仅是"诗界革命"的倡导者，也是"诗界革命"实践中的身体力行者。

和友人除夕感怀

谭嗣同

年华世事两迷离，敢道中原鹿死谁？
自向冰天炼奇骨，暂教佳句属通眉。
无端歌哭因长夜，娄尾阴阳剩此时。
有约闻鸡同起舞，灯前转恨漏声迟。

◇ **注　释**

1. 谭嗣同（公元 1865—1898 年）：字复生，号壮飞，湖南浏阳人。近代改良派思想家、政治家，是清末维新派中的激进派和最出色的英雄人物。少负大志，能文章，善剑术。中日甲午战争后，为中国积弱不振而深感忧愤，竭力鼓吹新政，力主变法维新。变法运动失败后，为唤起民众，拒绝避难出走，被捕入狱，于 1898 年 9 月 28 日和康广仁、杨深秀、刘光第、杨锐、林旭同时遇害，史称"戊戌六君子"。他的诗境界恢宏，风格雄健，富于爱国精神，其诗作已编入《谭嗣同全集》。

2. 迷离：模糊不清。

3. 鹿死谁：鹿死谁手的省词，喻指不知天下为谁所得。

4. 通眉：两眉甚长，几乎相连。唐诗人李贺是通眉；谭嗣同也是通眉。这里自指，兼有自比李贺之意。

5. 无端：无故。

6. 长夜：冬夜长，喻黑暗的社会现实。

7. 婪尾：最后、末尾之意。

8. 阴阳：指冬春的变化。

9. 剩此时：除夕是冬天末尾，就剩下这点时间，很快就变为春天了。

10. 闻鸡同起舞：西晋刘琨与祖逖是好朋友，常相互勉励振作，相约听到鸡鸣就起床舞剑；后人因以"闻鸡起舞"比喻有志之士自觉磨砺自己，准备将来建功立业。

11. 漏声：古代计时器漏壶之滴声，引申为时间。

解析

这首诗作于1893年。原4首，此选一；有序，从略。此诗以"欲扬先抑"手法，借和（hè）友人之诗，申述作者对世事的关注和对时局变化的期待。

开头4句大意是：年华、世事模糊不清，不谈鹿死谁手，只求自炼奇骨，暂作佳诗。这与鲁迅先生"躲进小楼成一统，管他冬夏与春秋"，有异曲同工之妙。一、二两句表面意思是：年龄和世事都模糊不清，还敢谈论中原鹿死谁手？实是愤慨反话。"冰天"，冬季寒冷之天，喻社会环境之冷酷、恶劣。与下联"长夜"相呼应。三、四两句的意思是：面对冷酷的社会环境，只好磨炼坚强的体魄和意志，暂作佳诗而已。

后4句是说：处于岁序新旧交替之际，寒夜将尽，春阳即来，尤须追赶时间，闻鸡起舞，以遂建功立业之志。快要变为春天了，暗含等待时局变化之意。这两句意思是：曾经和你（和诗朋友）有约闻鸡起舞，现在我坐在灯前，只恨时间过得太慢。表面意思是极盼天明，实际是极盼社会变动的到来。

此诗写法是"欲扬先抑"，前4句是抑，后4句是扬。初读此诗，似觉作者只是一位不问国事、只求独善其身之人。待读到"有约闻鸡同起舞，灯前转恨漏声迟"尾联时，才知前面所写都是反语。作者内心其实是：效古时仁人之志，促当今时局之变，拯危匡弊，使中原之鹿不落入侵略者与昏庸者之手。尾联内涵蕴藉，寄意深远，为全诗之警策。

狱中题壁

谭嗣同

望门投止思张俭，忍死须臾待杜根。
我自横刀向天笑，去留肝胆两昆仑。

◆ **注 释**

1. 张俭：东汉末年人，因弹劾宦官侯览，被反诬"结党"，被迫逃亡；逃亡中看到有人家就去投宿，人们思慕其名行，都不怕受牵连，乐于收留接待。

2. 杜根：东汉人。汉安帝时邓太后摄政，宦官专权，杜根上书朝廷要求太后还政给皇帝，太后大怒，叫人把他装在口袋里摔死，施刑的人敬慕杜根的为人，手下留情，准备运出宫待苏醒，放他逃命。邓太后不放心，派人检查，杜根忍死即装死达三天，眼中生蛆，太后信其已死，终于逃亡隐伏，太后死后，复官为御史。

3. 横刀：指刽子手将刀横架在脖子上。

4. 向天笑：表示一种视死如归的气概。

5. 去留："去"，指离开人世，即自己刑场就义；"留"，指康、梁等通过逃亡等办法，留在人世作斗争。

6. 肝胆：一喻友人间关系密切；一喻豪情壮志。此处二者兼有之。

7. 昆仑：昆仑山，借以比喻去留两者犹如巍巍昆仑山，都是顶天立地的人物。

解　析

1898 年戊戌变法失败后，作者拒绝亲友劝告，不愿逃亡，断然说："各国变法无不从流血而成，今日中国未闻有因变法而流血者，此国之所以不昌也。有之，请自嗣同始。"后被捕。这是他狱中所作的绝命诗。

首联巧用典故，对流亡的战友寄予厚望，表达变法事业终会成功的信念。

"望门投止思张俭"，此句意谓：康有为、梁启超等人虽处逃亡之境，但一定会像东汉时张俭一样得到人们救护。

"忍死须臾待杜根"，此句寄托对康、梁的思念，期望他们能像东汉时杜根一样，"死"而复生，成功逃生重返朝中，推行新政。

作者引用上述两个历史故事，是想说明维新派与以慈禧为首的顽固派的斗争是正义的，康、梁等逃亡是为了继续维新改良事业。

尾联抒发笑对死亡的满腔豪情，同时为维新人士的崇高志向感到骄傲。

此诗气势磅礴，大义凛然，是古今绝笔诗中难得一见的大手笔之作。"我自横刀向天笑"，可谓惊天地，泣鬼神；"去留肝胆两昆仑"，直可撼山岳，冲斗牛，充分表现了作者为变法图强而英勇献身的伟大爱国精神。同时表明，作者不仅是一位顶天立地的政治家、革命家，也是一位博古通今的大学问家。

春 愁

丘逢甲

春愁难遣强看山，往事惊心泪欲潸。

四百万人同一哭，去年今日割台湾。

◆ **注 释**

　　丘逢甲（公元 1864—1912 年）：字仙根，号蛰庵，别号南武山人、仓海君，民国后即以仓海为名，台湾彰化人。光绪十五年（1889 年）进士，杰出的爱国诗人。甲午战败后，1895 年清廷割让台湾给日本，消息传出后，台湾人民大愤，丘逢甲驰电清廷抗议，组织义军抗日，被推为大将军。义军失败后，离台内渡，在广东各书院讲学，先同情康梁变法，后又支持辛亥革命，赴南京，被举为参议院议员。他诗作甚多，现存有千余首，诗风雄健凌厉，气足势刚，被梁启超誉为"诗界革命一巨子"。有《岭云海日楼诗钞》等。

解 析

　　此诗作于清廷割让台湾给日本一年后，即 1896 年春天。仅从诗题来看，并无特别之处，古往今来，此类诗何止千万，而且其内容大抵都是或为光阴易逝而感叹，或因人生易老而感伤，或对青春不再而感慨。但丘仓海这首诗因春而发之愁，却与这些迥然不同，那就是为"去年今日割台湾"。这个愁，非个人一己之愁，而是江山社稷之愁、国家民族之愁。世人皆知，台湾自古就是中国不可分割的神圣领土，明末清初曾一度被荷兰侵略者强占，后被民族英雄郑成功光复。事过230多年（1662—1895年）之后，清廷居然卑躬屈膝，同日本签订丧权辱国的《马关条约》，把台湾拱手割让出去，能不春生愁、心顿惊、泪欲潸、人同哭？所以有台湾连同闽粤同胞同哭，而作为台湾本地人的丘仙根，尤为如此。

此诗最大特点是以近似口语化的句式，注入强烈情感，以叩击心灵，唤起共鸣，增强感染力。这个特点尤以尾联"四百万人同一哭，去年今日割台湾"为甚。此二句语明、情烈、气盛，因此一经面世，便广泛流传，被各界所称道，迄今依然。

梦 中

刘光第

梦中失叫惊妻子，横海楼船战广州。
五色花旗犹照眼，一灯红穗正垂头。
宗臣有说持边衅，寒女何心泣国仇。
自笑书生最迂阔，壮心飞到海南陬。

◆ 注 释

1. 刘光第（公元1859—1898年）：字裴村，四川富顺人。清
末维新派代表人物之一。清光绪二十四年（1898年）参加
由康、梁创立的保国会，同年由湖南巡抚陈宝箴推荐，与谭
嗣同等同授四品卿衔军机章京，参与变法。戊戌变法失败，
刘光第自投狱中，与谭嗣同等5人同时遇害，为"戊戌六君
子"之一。有《介白堂诗集》《衷圣斋文集》。

2. 寒女：《列女传》载，春秋时鲁国有一女子大龄未嫁，倚柱
叹息，不是为要嫁人，而是为鲁君年老、国家有难而担忧。

解 析

　　此诗作于公元1885年中法战争之后。1884年至1885年的中
法战争中，爱国将领冯子材、刘永福率领的军队，大败法国侵略

军，然而清廷却甘心接受法国侵略者的讹诈，签订了屈辱的《中法新约》，使这场中法战争以"中国不败而败，法国不胜而胜"的结局告终，让每个具有爱国心的中国人无比愤慨。刘光第就是在这样的历史背景下写下这首《梦中》。

首联写梦。说我在梦中，驾着战船，横渡大海，在广州湾抗击法国侵略者，不禁失声大喊，使妻子和孩子为之一惊。

额联写梦醒。写梦醒前后所见的景物有敌舰上的五色旗、红色灯花（红穗）等。意思是说，梦中只见敌舰上五颜六色的旗帜在眼前晃动；一觉醒来，唯见残灯上红色灯花正低垂着头。

颈联写梦醒后的悲愤心情。"宗臣"，原意为世人宗仰的大臣，此反用，指慈禧太后的宠臣、屈辱卖国的李鸿章。"有说持边衅"，这是指以李鸿章为首的投降派强词夺理辩解说，以缔结和约的方式处理边境上的争端可以使法国人"不再妄求""中国极体面"等言论。这两句是说，清廷大臣为投降而编造一套堂皇的理由辩解，而普通百姓（寒女）是为国忧愁叹息、哭泣，并无别的什么心思。言外之意是：像李鸿章这样的卖国贼，其人格连一个为国担忧的民间女子都不如。

尾联写因梦而引发的深思。这两句是说，笑我自己一介书生思想多有不切实际；面对着国家的危亡、政局的腐朽，我的心早已飞到多事的南海的角角落落，想去抗击侵略者，为国尽忠。

此诗借梦境抒发爱国热情，表达报国雄心，构思别致，写法独特，具有极强的艺术感染力。

戊戌八月感事

严 复

求治翻为罪，明时误爱才。

伏尸名士贱，称疾诏书哀。

燕市天如晦，宣南雨又来。

临河鸣犊叹，莫遣寸心灰。

◆ **注 释**

1. 严复（公元 1854—1921 年）：字又陵，又字幾道，福建侯官（今福州）人。曾留学英国学习海军，勤奋读书，广泛吸收西欧资产阶级政治、经济、哲学、科学等方面的新知识。回国后积极介绍西方资产阶级的政治制度和学术思想。中日甲午海战后，痛心国势日危，主张维新变法。翻译了赫胥黎的《天演论》等，以"物竞天择，适者生存"的进化论观点，作为维新运动的思想武器，对中国近代思想影响很大。戊戌变法失败后，集中精力从事译著，传播西方近代思想文化，成为中国近代史上向西方寻求真理的先进人士和启蒙思想家之一。有《严幾道诗文钞》等。

2. 求治：指维新变法。

3. 明时：指光绪帝用维新人士无果而终，语含讥讽。

4. 伏尸：倒在地上的尸体。

5. 名士贱：指变法遭到镇压，六君子被杀。

6. 诏书哀：光绪帝被迫谎称有病下诏书的心情。

7. 燕市：指清都北京。

8. 宣南：北京宣武门南菜市口为当时杀人法场，六君子被害之处。

9. 雨又来：以上天下雨表示六君子死得冤屈。

10. 鸣犊：春秋晋国贤大夫窦鸣犊。《史记·孔子世家》载：孔子不为卫国所用，将去晋国见赵简子，至黄河边听说晋国贤大夫窦鸣犊、舜华已被赵简子杀害，于是临河叹息，不复入晋。作者借此典故表示对世事的无奈和迷惘。

解 析

　　这首诗是光绪二十四年（1898 年）八月戊戌变法失败后作。诗中表现了作者对维新派和死难六君子（谭嗣同、刘光第、林旭、杨锐、杨深秀、康广仁）的深切同情和哀悼，同时揭露了以慈禧太后为首的顽固派的虚伪、残暴及黑暗统治。

　　首联痛感时局的黑暗和腐朽。这两句是说：清王朝专制社会何其黑暗，维新派为求国家富强进行变法，反而被诬为犯罪；光绪帝想推行新法，却遭到慈禧等后党的镇压，光绪帝空有爱才之意，终于误害了维新人士。

　　颔联揭露慈禧等后党的残暴和虚伪。这两句意思是，慈禧太后把光绪帝囚于中南海瀛台，并假借光绪帝名义发诏书，谎称光绪帝因病不能亲理政事，由慈禧太后再次临朝"训政"。

嵩目时艰　拯溺救危

颈联写对被害六君子的同情和哀悼。这两句是说，变法失败，北京的天也变得昏暗了，六君子遭到杀害，雨也为其感到冤屈而下起来。

尾联写作者面对昏暗时局的迷茫心绪和勉为自奋之情。这两句是说，面对着如贤大夫窦鸣犊那样不为世容的黑暗时局，不免为之叹息；但也不能因此而灰心丧气，应该自奋自强，继续有所作为。作者自此以后一改从政的愿望，而专事译著，介绍西方思想文化。

这首五律既是咏史感事，又是借典明志，深切地表达了在变法维新失败的形势下，以另一种方式继续为挽救中国危亡而奋斗的心志。

夜　起

黄遵宪

千声檐铁百淋铃，雨横风狂暂一停。

正望鸡鸣天下白，又惊鹅击海东青。

沉阴曀曀何多日，残月辉辉尚几星。

斗室苍茫吾独立，万家酣梦几人醒。

◆ **注　释**

1. 黄遵宪（公元 1848—1905 年）：字公度，号人境庐主人，
   广东嘉应（今梅州）人。光绪二年（1876 年）举人。清末
   维新派人物，著名诗人，曾任驻日本使馆参赞、驻美国旧金
   山总领事、驻英国使馆参赞、驻新加坡总领事等。1894 年
   回国，于 1897 年任湖南按察使，协助巡抚陈宝箴创办新政，
   积极参加康、梁的变法活动。戊戌变法失败后，被清廷放逐
   回乡。他还是"诗界革命"代表人物，倡言只要有真情实感，
   "何必古人？我自有我之诗在矣"。其内容广泛反映了许多
   重大历史事件，富有爱国主义精神。但也有部分诗歌因强调
   典雅而失之晦涩，体现了新、旧过渡的痕迹。有《人境庐诗
   草》等。

2. 檐铁：挂在屋檐下的风铃，也叫檐马、铁马、玉马。

3. 淋铃：指《雨淋铃》曲，相传为唐玄宗所作；"百淋铃"，

像唱一百支《雨淋铃》。

4. 雨横（hèng）风狂：形容风雨凶猛。

5. 暂一停：既是写实，也暗含期望时局暂时平定。

6. 鸡鸣天下白：本李贺《致酒行》：“雄鸡一声天下白。”

7. 鹅击海东青：作者原有注释：“元杨允孚《滦京杂咏》：‘新腔翻得凉州曲，弹出天鹅避海青。’自注曰：‘海青击天鹅，新声也。海东青者，出于女真，辽极重之’。”海东青，鸟名，雕的一种，产于辽东。这句诗作者是以海东青指我国东北地区，以鹅谐俄音，指帝俄；“鹅击海东青”，指帝俄参加八国联军侵略我国，攻陷黑龙江、吉林，进入沈阳。

8. 曀（yì）曀：云气阴沉貌。

9. 辉辉：光辉闪耀的样子。

解 析

此诗是作者被放逐归乡后作的，约光绪二十七年（1901年）。反映了作者看到祖国在八国联军侵略后的危险形势而感到痛苦忧愤的心情。

首联以景寄情，通过铃声、雨声、风声的鸣与停，以反映时局的变化，暗含希望时局暂时平定的期待之情。

颔联借景抒意，通过“鸡鸣天下白”“鹅击海东青”的自然景象的描绘，加上“正望”与“又惊”二语，昭告帝俄入侵东北的危险时局，抒发作者“惊”而又忧之情。颔联的意思是说，正希望天亮，国家走向光明，却吃惊地发现俄国军队侵入我国东北地区。

颈联以形象显幽情。以暗暗沉阴和残月疏星的夜景，象征国难的深重，表面上是怨天气之阴，实际是表达作者对国家危亡形势的沉重忧心。

尾联托景融情。以"斗室苍茫吾独立""万家酣梦几人醒"两幅交织的画面，表现作者对国难当头、国人尚无多少警醒而深感忧闷的内心。

《夜起》既是一首描写 20 世纪初中国时局的时事诗，又是反映中国遭受八国联军侵略之后，沙俄又乘机侵占东北三省的危险局势而感到极度痛心的政治抒情诗。但是，此诗通篇都没有政治术语，而全是形象语言，通过形象思维，营造诗的意象来反映政局，昭示国难，抒发忧情。

肝胆相照 匡义济时

贺新郎（挥手从兹去）

毛泽东

　　挥手从兹去。更那堪凄然相向，苦情重诉。眼角眉梢都似恨，热泪欲零还住。知误会前番书语。过眼滔滔云共雾，算人间知己吾和汝。人有病，天知否？

　　今朝霜重东门路，照横塘半天残月，凄清如许。汽笛一声肠已断，从此天涯孤旅。凭割断愁丝恨缕。要似昆仑崩绝壁，又恰像台风扫寰宇。重比翼，和云翥。

◆　**注　释**

1. 贺新郎：词牌名，又名"金缕曲""乳燕飞""貂裘换酒""金缕词""金缕歌""风敲竹""贺新凉"等。该词牌 116 字，上片 57 字，下片 59 字，各 10 句六仄韵。

2. 挥手从兹去：点化袭用李白《送友人》："挥手自兹去，萧萧班马鸣。"

3. 凄然：神伤的样子。

4. 苦情：既有夫妻相别之苦，又有儿女牵累之苦，时长子尚在襁褓，次子尚不满月。

5. 前番：前次。

6. 书语：信中的话语。

7. 过眼滔滔云共雾：人世间如滔滔云雾，转瞬即逝。言外之意是，只有你和我的感情才是永恒的。

8. 人有病，天知否：病，指内心隐痛。难言之隐，痛极呼天。

9. 霜重：谓时值深秋初冬。

10. 东门路：指长沙城东小吴门外的大路。

11. 横塘：大塘，指东门外清水塘。

12. "要似昆仑崩绝壁，又恰像台风扫寰宇。重比翼，和云翥" 4句：意思是说：自己此去，一定要乘势促成中国革命的爆发，如"昆仑崩绝壁"，如"台风扫寰宇"，这是对理想中大革命的艺术性描绘，并表示夫妻在革命风云中比翼齐飞。

解 析

此词作于1923年，是写夫妻别情的。毛泽东与发妻杨开慧于1920年冬在长沙结婚。第二年中国共产党诞生，毛泽东作为代表，参加了中共一大。中共湘区委员会建立，毛泽东任书记，杨开慧亦于当年入党。1922年10月，生长子岸英；1923年11月生次子岸青。不久，毛泽东接中央通知，准备去广州参加国民党第一次全国代表大会（孙中山重新改组的国民党）。此词即是在这一年11月至12月期间离开长沙时，写给夫人杨开慧的。这是一首真挚的革命爱情诗，是革命激情与儿女柔情有机结合的难得一见的经典之作。此词最早发表于毛泽东逝世两周年纪念日——1978年9月9日的《人民日报》。

上片集中写挥手告别、凄然相向那一时刻的两人内心极为委婉缠绵的离情别恨。

下片具体写离别的时间、地点、物象、场景以及离别后的希望。

"无情未必真豪杰",共产党人并非不食人间烟火的神仙,他们也有七情六欲,也有悲欢离合,哀婉愁苦,毛泽东的这首词便足以说明。他们决然不是像一般论客所指说的只有铁石心肠,所不同在于,他们善于处理夫妻之情与同志之爱的关系。"要似昆仑崩绝壁,又恰像台风扫寰宇。重比翼,和云翥。"使大悲无痛,大爱不宠。

在毛泽东诗词中,抒写别恨歌咏爱情的,仅此一首。就是这仅有的一首,却把革命激情与儿女柔情,结合得恰到好处,这就使此词弥足珍贵。

归国杂吟

郭沫若

又当投笔请缨时，别妇抛雏断藕丝。

去国十年余泪血，登舟三宿见旌旗。

欣将残骨埋诸夏，哭吐精诚赋此诗。

四万万人齐蹈厉，同心同德一戎衣。

◆ **注　释**

1. 郭沫若（公元 1892—1978 年）：原名郭开贞，笔名郭鼎堂等，四川乐山人。我国现代伟大的革命家、文学家、诗人、戏剧家、历史学家、考古学家。1914 年到日本留学，1921年出版具有新诗奠基意义的诗集《女神》，并组织了创造社，编辑《创造季刊》等。北伐期间，曾任国民革命军总政治部副主任。新中国成立后，历任中央人民政府委员、政务院副总理、中国科学院院长、全国人大常委会副委员长等职。平生著述甚多，有《郭沫若全集》。

2. 别妇抛雏：离别妻子，丢下儿女。此指作者在日本的妻、儿。

3. 断藕丝：斩断儿女之情。

4. 十年：指 1927 年大革命矢败亡命日本至 1937 年归国，恰为10 年。

5. 登舟三宿：当时从日本回国，坐轮船在海上要航行三天三夜。

6. 见旌旗：见到祖国的旗帜。

7. 诸夏：与诸华、华夏同义，是汉族古称，引申为中原地区，进而可指中国。

8. 四万万：指全国同胞。当时全国有四亿人口。

9. 蹈厉：通"踔厉"，即气势奔放，精神奋发。

10. 一戎衣：即"殪戎殷"，原指歼灭大殷（殷商）。此借指歼灭日本帝国主义。

解　析

此诗写于 1937 年 7 月 7 日抗日战争全面爆发后的 7 月 25 日离日本居家前一天。1927 年大革命失败后，作者亡命日本，留居 10 年，潜心研究中国考古和古代史。抗日战争全面爆发，他救国心切，瞒着在日本的妻、儿秘密回国。

首联写别妇抛雏原因，是为了投笔请缨，抗战救国。

颔联写归国途中的所思和所见：十年归国，三宿登舟，终见国旗。

颈联倾吐归国的丹心与壮志：欲埋残骨于华夏，哭吐精诚而赋诗！

尾联引经据典表示愿与全国人民一起，打败日本侵略者。

诗人不仅在诗中表达了投笔从戎、坚决回国抗日的壮志，而且实际上毅然别妇抛雏回到了祖国，积极投入中国共产党领导的伟大抗日战争，直至胜利。此后又积极参加了反对国民党反动派的斗争，为中国人民的解放事业作出了重大贡献。

长夜见月有怀

朱蕴山

灯影摇摇青似豆，屋椽矮矮大于舟。

百年天地几明月，十载江湖一楚囚。

入世饱经豺虎乱，此生岂屑稻粱谋。

拼将热血酬心愿，甘戴南冠到白头。

◆ **注　释**

1. 朱蕴山（公元1887—1981年）：安徽六安人。早年参加辛亥革命，后又反对袁世凯称帝，反对蒋介石卖国反共。1948年参与发起组织中国国民党革命委员会。新中国成立后，历任全国政协副主席、全国人大常委会副委员长、民革中央主席。

2. 岂屑：哪肯，不屑一顾。

3. 稻粱谋：原指禽鸟寻觅食物，常用来比喻人谋取衣食。

解　析

　　此诗写于1916年狱中，因反对袁世凯称帝而被捕。作者虽被深锁于铁窗之中，然铁窗却锁不住撩人心弦的月光和始终如一的战斗激情。于是二者结合而成此诗。

肝胆相照　匡义济时

首联写狱中之景。遥遥长夜，灯影相伴，如豆的灯光摇摆不定。牢房矮而小，只稍大于小舟。

颔联叹身世不幸遭遇。"百年"，概数，意谓长久。"几明月"，难得一见的明月。"十载"，指从参加光复会、同盟会到此次被捕共 10 年。"楚囚"，作者自称。

颈联抒饱经世乱、不为己谋的人生之情。"豺虎"，指袁世凯等一切扼杀革命的反动势力。"稻粱谋"，此喻指胸无大志、没有骨气，只知谋取薪俸的人。

尾联写甘为革命把牢底坐穿的豪情壮志。"南冠"，喻囚犯。

此诗由狱中景象写起，以坐穿牢底的决心收束，层层深入，环环相扣，含蓄隽永，乃一曲铁骨铮铮的凌云壮歌。

桂林书感

李济深

踯躅江干有所思，浪花点点溅征衣。

可怜家国无穷恨，绿水青山总不知。

◆ **注　释**

1. 李济深（公元 1885—1959 年）：字任潮，广西苍梧县（今
属梧州市龙圩区）人。早年追随孙中山革命，曾任粤军第一
师师长、国民革命军第四军军长。北伐战争时期，任国民革
命军总司令部参谋长、黄埔军校副校长。1933 年以后，积
极组织反蒋抗日活动，1948 年发起成立中国国民党革命委
员会，任主席。新中国成立后，历任中央人民政府副主席、
全国人大常委会副委员长、全国政协副主席。

2. 江干：江岸。

解　析

　　此诗乃作者写于抗日战争时期的组诗之一。1937 年 7 月 7 日
抗日战争全面爆发后，蒋介石鉴于全国的抗战形势，撤销了对李济
深"永远开除党籍"的决定和通缉令，任命他担任国民政府军委委
员、军委会桂林办公厅主任，但并未给予军政实权。作者身居桂

林，眼看大好河山被日寇铁蹄践踏，人民遭难，心忧国运却又难有作为，因而常于公务之余，借诗笔抒写满腔忧愤，此诗便是在此情势下写成的。

首联通过写场景和情态，表现作者对国事的重重忧虑。

尾联以"绿水青山"的无知，衬托作者对日寇侵略国土的无比仇恨和对蒋介石忌用爱国志士的无限愤懑。

此诗为七言绝句，篇幅短小，然蕴意却十分丰富。忧虑国事，痛恨敌寇，对当政者的不满和有志杀敌却无路请缨的悲愤，尽在此28字之中。此诗写法新奇，构思巧妙。结句"绿水青山总不知"，山自青，水自绿，皆由自然法则所决定，非关人事。可是作者却怨山水无知，看似悖于物理，然而却合于人情，曲折地表达了作者对时局的忧虑和对报国无门的愤慨。

经 年

沈钧儒

经年不放酒杯宽，雾压山城夜正寒。
有客喜从天上至，感时惊向域中看。
新阳共举葡萄盏，触角长惭獬豸冠。
痛笑狂欢俱未足，河山杂沓试凭栏。

注 释

1. 沈钧儒（公元 1875—1963 年）：字秉甫，号衡山，浙江嘉兴人。清末进士，早年留学日本，回国后参加辛亥革命，并加入中国同盟会，参加反对北洋军阀的斗争。之后在中国共产党的影响和领导下，为新民主主义革命和社会主义革命、社会主义建设奋斗了一生。新中国成立后，历任最高人民法院院长、全国人大常委会副委员长、全国政协副主席、民盟中央主席。有《寥寥集》《家庭新论》等。

2. 经年：一年。

3. 新阳：古人称农历十月为阳月，当日为农历九月廿九日，即临十月，故称新阳。

4. 獬豸（xiè zhì）：传说中兽名，即神羊，能辨曲直，见人相斗，就用角去撞邪佞的人。汉代据此传说，为法官制獬豸冠，表示执法公正。沈钧儒曾留学日本法政大学，为著名法学家，故有此语表示自谦。

5. 河山杂沓：犹言天下混乱，指当时日寇未除，蒋介石又加紧
　　反共反人民。

6. 凭栏：凭倚栏杆远眺，观察国家形势的发展。

【解　析】

　　此诗1944年作于重庆。原注："一九四四年十一月十四日晚，郭
沫若先生欢宴柳亚子先生，适逢周恩来先生自西北飞来，赶到参加，
同饮甚欢。既逾二十日，乘竹舆下神仙口，望见南山，忽忆其事。"

　　首联写当时重庆的阴暗气氛，象征国民党统治的黑暗。

　　这两句意思是说，已经一年没有心情宽怀畅饮，因为重庆在国
民党黑暗统治下正像浓雾中的寒夜一样。"雾压"有自然和社会双
关之意。

　　颔联写宴会的特殊客人和惊喜之情。"有客"，指周恩来。"惊
向"，对周恩来的来临，既惊喜又担心，因为当时国民党反动派特
务活动猖獗。

　　颈联写作者参加宴会的感触。这两句大意是，在阳月同几位友
人欢宴非常高兴，但自感有愧于法学家之名。

　　尾联宕开一笔，由宴会到时政，表现作者对时局的关心和对祖
国河山的热爱。"痛笑狂欢俱未足"，表现作者的复杂心情：为眼
前欢宴而高兴；为国民党反动派黑暗统治而悲伤。

　　作者通过一次小宴，抒发对时局、国家命运的关切之情，立意
高远；遣词典雅，锻句精练，对仗甚工，布局精巧，深得为诗之道。

有 感

张 澜

党权官化气飞扬，民怨何堪遍四方。
谁见轩乘能使鹤，不知牢补任亡羊。
连年血战驱饥卒，万里陆沉痛旧疆。
且慢四强夸胜利，国家前路尚茫茫。

◆ **注 释**

1. 张澜（公元 1872—1955 年）：字表方，四川南充人。一生致力于革命民主事业，积极参加抗日民主运动。1941 年参与发起组织中国民主政团同盟，任主席。抗战胜利后，始终坚持与中共密切合作的政治立场。新中国成立后，历任中央人民政府副主席、第一届全国人大常委会副委员长、第二届全国政协副主席。

2. 党权官化：国民党当时明令"凡保甲长以上官员必须由国民党员或三青团员任职"。

3. 轩乘能使鹤："乘轩鹤"典出《左传·闵公二年》：十二月，狄人伐卫。卫懿公喜欢养鹤，给鹤乘大夫所乘的车（轩）。当卫懿公叫军队还击狄兵时，卫国军人说："鹤有禄位，让鹤去打仗吧，我们不能打。"此以卫懿公喻蒋介石驱使军队打内战。

◈ 解 析 ◈

　　此诗作于 1945 年 8 月毛泽东同志赴重庆谈判期间。1945 年 8 月 15 日，日本政府宣布无条件投降，28 日毛泽东为争取人民革命利益，由延安飞抵重庆同国民党谈判，张澜到机场迎接。在重庆谈判期间，毛泽东多次与其促膝谈心，使其更进一步认清了蒋介石假和平真反共的内战阴谋，更坚定了张澜与中共合作、斗美斗蒋的决心，他有感而发，赋成此诗。

　　首联指斥国民党反动派实行独裁统治，引发全国民怨。

　　颔联揭露国民党欲操纵军旅、欺骗人民发动内战，而不顾国家安危的反动本质。上句用"乘轩鹤"之典，以卫懿公喻蒋介石驱使军队打内战。下句用不知亡羊补牢喻指蒋介石在抗战胜利后不顾国家安危，不思改弦更张，而死心塌地要发动内战。

　　颈联回溯抗战时局，进一步揭露国民党权豪在抗战期间克扣军队粮饷，役使饥兵上阵，牺牲惨重，使大片国土沦丧于敌寇之手的行径。

　　尾联警示国人要清醒地看到国家的内战危机，不要陶醉于当时所谓中、美、英、苏四强国对德、意、日法西斯的胜利，国家前途好坏还茫茫不清。

　　此诗从当时国内形势落笔，剖精析微，深含爱国主义情致。写法上结构缜密，承转有秩，于整饬中极显跌宕起伏之妙。

怀仲恺

何香凝

辗转兰床独抱衾，起来重读柏舟吟。
月明霜冷人何处，影薄灯残夜自深。
入梦相逢知不易，返魂无术恨难禁。
哀思唯奋酬君愿，报国何时尽此心。

◆ **注 释**

1. 何香凝（公元 1878—1972 年）：原名谏，又名瑞谏，广东
   南海（今广州）人。廖仲恺夫人，著名的民主革命家，中国
   共产党的亲密战友。早年追随孙中山从事革命活动，支持孙
   中山的新三民主义革命纲领。任国民党中央执委会委员和妇
   女部部长。抗日战争期间，从事抗日民主活动；抗战胜利
   后，与李济深等创建中国国民党革命委员会。新中国成立后
   任中央人民政府委员、全国人大常委会副委员长、全国政协
   副主席、华侨事务委员会主任等职。擅长中国画，能诗词。
   有《何香凝诗画集》。

2. 仲恺：廖仲恺，杰出的民主革命家，辛亥革命时领袖人物之
   一，后又积极协助孙中山改组国民党，实行联俄、联共、扶
   助农工三大政策。孙中山去世后，继承孙中山遗志，坚持与
   中国共产党合作，实行新三民主义。1925 年 8 月 20 日，被

肝胆相照　匡义济时

国民党右派暗杀。

3. 兰床：旧时女子床榻的美称。

4. 柏舟：为《诗经·鄘风》中一篇，内容是春秋时卫太子共伯早死，其妻作《柏舟》诗，自誓守节。

解 析

此诗是作者1925年为悼念丈夫、战友廖仲恺而作。

首联写辗转侧难眠，示哀思之深。此处作者以深夜起来读《柏舟》表达对丈夫廖仲恺的深切怀念之情。

颔联写深夜凄清孤寂的景象，以烘托哀思之重。

颈联写幽明遥隔，招魂无术，表哀痛之极，也指仇恨国民党右派对自己丈夫的暗杀。

尾联写将继承遗志，以慰亡灵。廖仲恺曾有《诀别诗》与何香凝，诗云："后事凭君独任劳，莫教辜负女中豪。"所以作者表示，一定秉"女中豪"之愿，尽报国之志。

这是一首革命夫妻之间的悼亡诗，既有夫妻情，又有同志爱，更深蕴献身革命、报效国家的伟大精神，沁人肺腑，感人至深。

孤 愤

柳亚子

孤愤真防决地维，忍抬醒眼看群尸。
美新已见扬雄颂，劝进还传阮籍词。
岂有沐猴能作帝，居然腐鼠亦乘时。
宵来忽作亡秦梦，北伐声中起誓师。

◆ **注 释**

1. 柳亚子（公元 1887—1958 年）：名弃疾，字稼轩，号亚子，江苏吴江（今江苏苏州市吴江区）人。辛亥革命前他和友人发起组织文学社团"南社"，积极配合同盟会的革命斗争。抗日战争时期，他拥护中国共产党领导的全民族抗战，反对蒋介石阴谋发动内战，结果被开除了国民党党籍。新中国成立后，历任中央人民政府委员、全国人大常委、中央文史研究馆副馆长。他的旧体诗富有才华，感情炽烈，毛泽东称其诗"慨当以慷，鄙视陈亮、陆游，读之使人感发奋起"。郭沫若也称赞他为"今屈原"。他是一位革命家和杰出的爱国诗人。有《柳亚子诗词选》等。

2. 孤愤：耿直孤行，愤世嫉俗。

3. 真防：真正的防表，引申为真正的标准。典出《荀子·儒效》："君子言有坛宇，行有防表。"说君子的言论有一定界限、规范，行为有真正的标准。

4. 决地维：绝地维。古人认为天圆地方，天有九柱支撑，地有四维（绳子）系缀。

5. 美新：赞颂王莽新朝。西汉末年，王莽篡国，建号为"新"。扬雄作《剧秦美新》篇，论秦亡之速，赞"新"朝之美，讨好王莽。

6. 劝进：魏元帝封司马昭为相国和晋公。司马昭一面假装推辞，一面又派人迫使阮籍起草劝进表，劝其接受封爵。阮籍本来是反对司马氏的，但慑于司马氏的势力而屈己写劝进表，被当时的一些好友视为变节。

7. 沐猴：猕猴。典出成语"沐猴而冠"，喻空有人样，虚有仪表。

8. 腐鼠：比喻庸俗人所珍视的贱物。

9. 亡秦：秦二世而亡，喻帝制复辟不会长久。

解 析

此诗是为讨伐袁世凯复辟帝制而写的。1915 年 12 月 12 日，窃国大盗袁世凯冒天下之大不韪，背叛共和，复辟帝制，公开宣布登皇帝之位。12 月 25 日，蔡锷将军在云南组织护国军，誓师北伐，得到各省的纷纷响应。柳亚子有感于时事而作此七律。

首联点题，写对袁世凯及为其称帝抬轿子吹喇叭的"筹安会"政客们的倒行逆施，表示强烈的愤怒。这两句是说，我的孤愤的真行（标准的道德行为）可使地维断绝，怎忍得抬起醒眼去看那一群死尸一般的政客。

颔联以两个典故历数政客们倒行逆施的罪状。这两句是说：赞颂帝制已见如扬雄那样一批无耻文人；劝袁称帝还多有阮籍那样的变节之徒。

颈联以"沐猴""腐鼠"作比，鄙视袁世凯及其追随者复辟帝制的丑剧。这两句的意思是说，哪里有猕猴戴冠就能算是做了皇帝？那些腐朽政客居然也乘机飞黄腾达了。

尾联以做梦表达诗人决心为推翻帝制、维护共和而斗争。这两句意思是说：夜晚来临，我忽然做亡秦之梦；在北伐誓师声中，我要起而响应，决心与他们一道粉碎帝制的复辟。

孤愤，乃忠臣之节。柳亚子以此为诗题，开宗明义，说明他作为激进的资产阶级民主革命者，是忠于革命、忠于共和的，他对于背叛共和的政客是深恶痛绝的。

为了忘却的记念

鲁 迅

惯于长夜过春时，挈妇将雏鬓有丝。
梦里依稀慈母泪，城头变幻大王旗。
忍看朋辈成新鬼，怒向刀丛觅小诗。
吟罢低眉无写处，月光如水照缁衣。

◆ **注 释**

1. 鲁迅（公元 1881—1936 年）：原名周树人，字豫才，笔名鲁迅，浙江绍兴人，伟大的文学家、思想家、革命家。早年信奉民主主义和进化论，后期信仰马克思列宁主义。参加左翼作家联盟，粉碎了反动派的文化"围剿"。他学识渊博，贯通古今中外，一生著译甚多，有《鲁迅全集》《鲁迅译文集》。毛泽东对他评价极高，称他是"党外的布尔什维克""现代中国的圣人""空前的民族英雄"。

2. 低眉：低头沉思。

解 析

1931 年 1 月 17 日，左翼青年作家柔石、李伟森、胡也频、殷夫、冯铿五人，被国民党反动派逮捕；2 月 7 日被秘密杀害于上海龙华。鲁迅闻讯极为悲愤，特写此诗哀悼烈士。原诗无题，在两年后所写《为了忘却的记念》一文中，引用了此诗。故今以文题代作诗题。

首联揭露国民党反动派的黑暗统治。大意是说，正因为社会黑暗，作者只能长时间地在长夜中过春天；年老了不得不"挈妇将雏"到处出走。

颔联写作者在艰难日子里对母亲的怀念和对反动派的憎恨。"慈母"，作者母亲，鲁迅避居后，外界纷传鲁迅被捕或被害，鲁迅在北平的母亲焦急地生了病，故云梦里仿佛看见慈母流泪。下句说军阀混战，一时这个失败，那个得势，像是一城头的大王旗不断变幻。

颈联愤怒控诉国民党反动派杀害革命青年作家。意思是说不忍看朋友被杀害，愤怒地在白色恐怖中寻找反动派罪行写成一首小诗。

尾联以形象含蓄的语言，表达作者内心的无比悲愤。"无写处"，意为对反动派的罪恶，非笔墨、语言所能为力，也含有写成诗无处发表之意，所以末句说只有月光照黑衣来做伴而已。

全诗以对革命烈士的悼念，对国民党反动派的愤恨，表达了作者坚强不屈的战斗精神。

自 嘲

鲁 迅

运交华盖欲何求？未敢翻身已碰头。

破帽遮颜过闹市，漏船载酒泛中流。

横眉冷对千夫指，俯首甘为孺子牛。

躲进小楼成一统，管他冬夏与春秋。

◆ **注 释**

1. 华盖：星名，古代星相家说人交华盖运是吉星照命。鲁迅则另有取意，他在《华盖集·题记》中说：老年人曾对他说和尚交华盖运是成佛之兆，但俗人可不行，华盖在上，就给罩住了，只好碰钉子。

2. 千夫指：意为受千夫指斥的人，喻敌人。意思是说对敌人横眉冷对。

3. 孺子牛：作者在这里把人民大众喻为孺子，把自己喻为牛，甘愿做人民大众的牛。

4. 小楼：作者用笔作战的阵地。

5. 冬夏与春秋：双关语。表面上是说四季更替，实际上是借喻政治气候的变化。

此诗作于 1932 年 10 月 12 日，是书赠柳亚子的。此诗以杂文笔法，对国民党反动派统治下黑暗的社会现实进行冷嘲热讽。

首联借迷信传说写当时社会环境的黑暗与险恶。以华盖运别意，说自己在白色恐怖之下就像交了华盖运，还没敢求翻身解放就已到处碰头了。

颔联写作者不惧险恶，以各种手段进行反抗斗争。"破帽遮颜""漏船载酒"，以形象化笔法，说明在不同场合，运用不同的斗争方法，不惧危险，坚持斗争。

颈联写作者人生理念和处世态度。"横眉冷对千夫指，俯首甘为孺子牛。"此联极为精警，广受推崇。郭沫若曾说："虽寥寥十四字，对方生与垂死之力量，爱憎分明；将团结与斗争之精神，表现具足。此真前无古人，后无来者。"

尾联以诙谐之笔，写无论风云如何变幻，都要坚守自己的阵地，与敌人进行坚韧的战斗。这两句大意是：自己生活、作战的小楼，虽处于帝国主义、国民党反动派统治的上海，但也像是一个凛然不可侵犯的一统的小天下。我要躲在其中，不管外面的政治风云如何变幻，都要为中国人民的解放不懈地坚持斗争。

戎余寄闽中父母

郭化若

万里归来闪电眸，高歌击楫荡飞舟。

洗天不吝捐吾血，填海何妨掷此头。

胜败不辞千战苦，罪功且听众民讴。

壮怀欲破青天上，捧得红云下九州。

◆ 注 释

1. 郭化若（公元 1904—1995 年）：又名俊英，福建福州人。
1925 年秋入黄埔军校学习，同年加入中国共产党。革命战争
年代历任红四军二纵队参谋长、红一方面军代参谋长、红军
总前委秘书长、延安炮兵学校校长、第三野战军九兵团政委
等职，新中国成立后曾任南京军区副司令员、军事科学院副
院长、中共中央顾问委员会委员等职。1955 年被授予中将军
衔。有《军事辩证法》《孙子译注》《郭化若军事论文集》等。

2. 闪电眸：喻行程疾速。

3. 击楫：用晋祖逖渡江北伐收复北方被外族侵占的国土，在江
上"击楫中流"的典故，来表达诗人自己的革命壮志。

4. 洗天：典出汉刘向《说苑·权谋》：武王伐纣，风雾而乘以
大雨。散宜生曰："此其妖与？"武王曰："非也。天洒兵也。"
洒，同"洗"。唐杜甫诗《洗兵马》引用此典："安得壮士

挽天河，净洗甲兵常不用。"后来就用"天洗甲兵"，表达洗净刀枪收藏起来，以示和平无战争。

5. 填海：精卫衔石填海的典故。

解 析

原诗题下注："一九三〇年六月于汀州红军中。"此诗当写于中国工农红军第一军团成立之后。标题意思是在战斗之余或军事工作之余寄家乡父母。诗人当时随军从外地回到故乡福建汀州，未到家见父母，以此诗向父母汇报了自己在革命队伍中的生涯，表达了为革命献身的壮志。

首联写自己胸怀革命壮志，从外地经极远行程回到闽中家乡愉快而急切的心情。

颔联抒发为建立和平宁静的新世界不惜"捐吾血""掷此头"的牺牲精神。此联大意是说，为实现洗净刀枪无战争的社会，"我"不惜流血牺牲，"我"也决心像精卫衔石填海那样不惜用头去填。

颈联写为革命凡个人胜败、得失、功过、荣辱，全听凭人民的讴歌，而不以敌人的诬蔑为转移，表达了宽广的革命胸怀。

尾联意思是说，我的壮志要凌云上青天，捧回红云给全中国，即表达了要随革命大军解放全中国的壮志。

此诗把爱国、爱乡、爱父母之情融为一体，感情真挚，壮怀激烈，并蕴含着只有爱国并投身到为人民解放的革命事业中，实现全国人民都过上美好生活的理想，才是真正的爱家乡、爱父母的人生哲理。

肝胆相照 匡义济时

赠陈同生

田　汉

夜半呻吟杂啸歌，南冠何幸近名河。

养花恨我闲情少，谈鬼输君霸气多。

韬晦十年成血债，长征万里止颓波。

相逢犹幸青年血，未作顽铜一例磨。

◆ **注　释**

1. 田汉（公元 1898—1968 年）：原名寿昌，笔名陈瑜，湖南长沙人。早年留学日本。1930 年参加左联，1932 年加入中国共产党。新中国成立后任中国文联副主席、中国戏剧家协会主席。他创作了大量的优秀剧作。由他作词、聂耳谱曲的《义勇军进行曲》，被采用为代国歌、国歌。他的诗词造诣也甚深，格律严谨，思想深沉，为当代诗词大家之一。

2. 陈同生：陈侬非，曾在国民党南京监狱中与作者同住一个牢房。新中国成立后，任中共上海市委统战部部长。

3. 南冠：囚犯代称。

4. 名河：指南京秦淮河。

5. 霸气：勇敢无畏、桀骜不驯。作者手稿原注："侬非，四川人，最能谈鬼，狱中酷热，听起来毛骨生寒。"

6. 韬晦：原意为收敛锋芒，隐藏行迹。此似暗指中国共产党党内早期右倾机会主义对国民党反动政策一味迁就，不进行有力斗争，导致1927年的大革命失败。

7. 十年：从1926年大革命（北伐战争）至1935年红军长征，近10年。

8. 止颓波：指红军长征挽救了革命。

9. 青年血：热血青年，此指囚中战友。

10. 顽铜：《田汉诗选》注云："田汉在狱中曾以铜板磨成五角星。"红军军旗镶有五角星，以此象征胜利。"未作顽铜"，意即这些热血青年不是未经磨炼的顽铜，而是磨成的五角星，将是革命的栋梁。

解　析

此诗作于1935年3月国民党南京狱中，赠狱友陈同生。

首联写在狱中生活，表现其善于自适，充满乐观精神。

颔联写以养花和谈鬼等各种不同方式在狱中进行特殊的斗争。

颈联回顾中国革命的曲折历程。

尾联写狱中战友虽经劫难，并未消磨革命意志，相信革命必定成功。

作者在国民党南京狱中作诗多首，充分表现了一个坚定的革命者虽身处逆境，却依然保持着共产党人对人民解放事业、对共产主义的坚定信念和献身精神。

肝胆相照　匡义济时

乱离杂诗（其十一）

郁达夫

千里驰驱未觉痴，苦无良药慰相思。

归来海角求凰日，却似隆中抱膝时。

一死何难仇未复，百身可赎我奚辞？

会当立马扶桑顶，扫穴犁庭再誓师。

◆ **注 释**

1. 郁达夫（公元 1896—1945 年）：原名郁文，字达夫，浙江富阳（今杭州市富阳区）人。早年留学日本。五四运动中与郭沫若、成仿吾等人发起组织创造社。抗日战争时期，到南洋主编《星洲日报》副刊，积极宣传抗日。新加坡沦陷后，流亡苏门答腊。1945 年 8 月，被日军秘密杀害。郁达夫的小说和诗词都有相当激烈的反帝反封建的思想倾向。有《郁达夫文集》。

2. 求凰：比喻男子求爱。西汉司马相如向卓文君求爱时作琴歌二章，有"凤兮凤兮归故乡，遨游四海求其凰"之句。

3. 隆中抱膝：诸葛亮在隆中（今湖北襄阳附近）常常抱膝长思天下形势。

4. 扶桑：古代称日本为扶桑。

5. 扫穴犁庭：扫荡其居处，犁平其庭院，比喻彻底摧毁敌方。出自《圣武记》。

　　《乱离杂诗》作于 1942 年春，留存 11 首，此为组诗中第 10 首。此组诗于 1946 年作为胡愈之所著《郁达夫的流亡和失踪》附录在香港发表。

　　首联写作者在乱离中对亲人的想念。

　　颔联承上，以"海角求凰""隆中抱膝"具体说明想念之深。

　　颈联由上二联对亲人的想念转写家仇，表示为报家仇国恨将不惜百献己身。郁达夫的母亲和胞兄，在日寇入侵下或饿死或遭残杀，自己又被迫流亡海外，国恨家仇都很深。这两句意思是，死并不困难，但大仇未报，怎能轻易去死呢。如果死亡能换来报仇雪恨，自己就是死一百次也不会推辞。

　　尾联情感推及顶端，表示扫平日本侵略者巢穴，彻底消灭敌人。

　　这首诗抒写在南洋华侨中宣传抗日时乱离生活中的心境，由对亲人的怀念上升到想起亲人被日寇残杀的家仇，再上升到对日寇侵华的国恨，最后表达彻底消灭日寇的决心，思想感情步步升华，感人至深。诗人在实践中为抗日救国献身，更令读者永久敬仰和怀念。

勖报社诸同志

邓 拓

笔阵开边塞，长年钩剪风。
启明星在望，抗敌气如虹。
发奋挥毛剑，奔腾起万雄。
文旗随战鼓，浩荡入关东。

◆ **注 释**

1. 邓拓（公元 1912—1966 年）：原名子健，笔名马南邨、向阳生等，福建闽侯（今福州）人。1930 年参加左翼社会科学家联盟，于同年入党。杰出的新闻战士、政论家、诗人。革命战争年代曾任晋察冀日报社社长兼总编辑、新华社晋察冀分社社长等职。新中国成立后，任人民日报社社长兼总编辑、中共北京市委书记处书记、中共中央华北局书记处候补书记等职。十年浩劫中，被林彪、江青反革命集团打成"三家村黑店的掌柜"，终被迫害含冤而逝。1976 年粉碎"四人帮"后，冤案得到彻底平反昭雪。有《燕山夜话》《三家村札记》（与吴晗、廖沫沙合写）等。

2. 笔阵：以笔作为武器进行战斗。

3. 钩剪风：钩，钩玄，探取精辟的见解；剪，剪辑，编辑。

4. 启明星在望：天快亮了。

5. 气如虹：气壮如长虹。

6. 毛剑：指毛笔。

7. 起万雄：用文章唤起成千上万的英雄。

8. 关东：旧时函谷关以东和山海关以东的地区都叫关东，此指前者。

解　析

此诗作于1938年12月。1937年秋，邓拓经山西太原到当时的晋察冀抗日民主根据地参加工作。在中共中央晋察冀分局的领导下，他和一些年轻的新闻战士，办起了《抗敌报》，后改名为《晋察冀日报》，并任社长兼总编辑，为勉励同仁，写了这首五律。标题意为勉励报社诸同志。

首联总叙报社以笔作武器参加对敌斗争的风貌。

颔联写报社在引导光明、鼓舞士气方面所起的作用。

颈联转写新闻战士勤奋作风和所发挥的战斗作用。

尾联以"文旗随战鼓"，总结报纸文章与戎马战斗的密切关系，指明革命文化的旗帜要紧随着马列主义的大旗和人民革命的战旗一起飘扬。

这首诗是邓拓为与报社同志共勉而写，也是邓拓为党办报，撰写政论、杂文的宗旨。此诗把文与武、笔阵与枪阵的辩证关系，刻画得入木三分，从中可以看出邓拓以笔为枪的抗日战斗精神与深厚的文化底蕴。

肝胆相照　匡义济时

狂歌民族魂

张治中

裹革沙场骨尚温，捐糜顶踵为生存。
黄河浩荡流奇气，襄水斑斓洒血痕。
风雨中原恢汉土，衣冠此日认黄孙。
忠贞已足昭千载，我欲狂歌民族魂。

◇ **注 释**

1. 张治中（公元 1890—1969 年）：字文白，安徽巢县（今安徽巢湖）人。参加过北伐，历任国民党军政厅厅长、第五军军长。抗战时期，曾任第九集团军总司令、湖南省政府主席。1949 年任国民党政府谈判代表团首席代表。新中国成立后，历任中央人民政府委员、西北军政委员会副主席、国防委员会副主席、民革中央副主席、全国人大常委会副委员长等职。

2. 民族魂：此指张自忠将军。张自忠是山东临清人，字荩忱，生于 1891 年。抗战时曾任国民党第五十九军军长、第三十三集团军总司令。1940 年 5 月，在枣宜会战中率部渡襄河截击日军，在湖北宜城南瓜店战斗中牺牲。

3. 裹革：成语"马革裹尸"的缩语，此指战死沙场。

4. 骨尚温：意谓将军虽已牺牲三年，但他的事迹、精神仍为人民所惦记。

5. 捐糜顶踵：意谓捐躯，从头到脚都糜烂损伤。清代林则徐《请戴罪赴浙图剿片》："惟事苟有裨于国家，虽顶踵捐糜，亦复何敢自惜。"

6. 衣冠：原指士大夫的服饰，此喻杰出的人士。

解　析

此诗作于 1943 年张自忠将军抗日殉国三周年之日。

首联赞颂张自忠将军为民族生存而战死沙场的英雄精神。

颔联以"黄河""襄水"进一步歌颂张自忠将军精神伟大，将与祖国河山同长久、共垂青。

颈联褒扬张自忠将军在腥风血雨中抗敌救国，是炎黄子孙的杰出代表。

尾联总括其忠贞的民族之魂可照耀千古，永不磨灭。

这首诗以张将军的爱国之情颂彼张将军的爱国精神，别具一格。该诗热情奔放，气魄宏大，激动人心，催人奋进，乃一篇感人肺腑的爱国诗章。

题白杨图

茅 盾

　　余曾作短文曰《白杨礼赞》，某画家取其意作白杨图，为题俚句。

北方有佳树，挺立如长矛。

叶叶皆团结，枝枝争上游。

羞与楠枋伍，甘居榆枣俦。

丹青标风骨，愿与子同仇。

◇ **注 释**

1. 茅盾（公元 1896—1981 年）：原名沈德鸿，字雁冰，笔名茅盾，浙江桐乡人。我国现代伟大的作家，杰出的无产阶级文化战士。新中国成立后，历任文化部部长、中国作协主席、中国文联副主席、全国政协副主席等职。逝世前，中共中央批准他恢复党籍，党龄从 1921 年算起。有《茅盾全集》。

2. 楠（nán）枋（fāng）：两种常绿大乔木，木材贵重。

3. 榆枣：两种普通落叶乔木，开花结实。

4. 丹青：红色和青色的颜料，代指绘画，此指《白杨图》。

5. 子：指画《白杨图》的某画家。

6. 同仇：同伴。

此诗作于 1943 年，是在散文《白杨礼赞》成文之后的第三年。《白杨礼赞》一文作于 1941 年 3 月。当时，中华民族正遭受日寇的铁蹄蹂躏，国民党反动派又消极抗战，积极反共，并于 1941 年 1 月制造震惊中外的"皖南事变"。而中国共产党领导广大民众，团结一致，顽强战斗，多次粉碎日伪的"扫荡"，巩固并发展了抗日民主根据地。茅盾以敏锐的政治眼光，从根据地人民身上看到中华民族的远大前途，于是写下《白杨礼赞》，用在西北黄土高原上"参天耸立、不折不挠，对抗着西北风"的白杨来象征坚忍、勤劳的北方农民，歌颂人民在民族解放斗争中的朴实、坚强和力求上进的精神。《白杨图》又把这种精神、风骨，加以形象化，作者又以诗的形式加以深化、点睛，使文、画、诗三者合一，相得益彰，使中华民族精神得以发扬光大。

首联写画中白杨之英姿。

颔联写画中白杨枝、叶的"皆团结"与"争上游"的形态，以拟人手法写出其精神风貌，富有意蕴。

颈联十分生动地活画出白杨的自谦美德。

尾联点题，赞扬《白杨图》画得十分传神，使画与文甚为契合，有志同道合之神功。

此诗以白描、比喻、拟人手法，再现白杨风骨，于细微之处使爱国感情抒发得淋漓尽致。

肝胆相照 匡义济时

221

儿女离延北征，诗以壮之

李木庵

辞家万里赋联翩，塞上因依又六年。
客邸犹能存定省，老身何用计周全。
铙歌响彻上元运，俊步踏翻燕北天。
解放途中齐努力，杖头伫听捷音传。

◆ **注　释**

1. 李木庵（公元 1884—1959 年）：原名振堃，字典武（午），湖南桂阳人。1905 年毕业于京师法律学堂，1925 年参加中国共产党，北伐时任军政治部主任。在延安时任陕甘宁边区高等法院院长、中共中央法律委员会委员等。新中国成立后任司法部党组书记、副部长。

2. 辞家万里：指儿女将要辞家出征到万里之外的东北。

3. 赋：歌唱。

4. 联翩：原意为联合起舞，此处用指一家人于 6 年前曾一道欢快地来到延安。

5. 塞上：原指边塞，此指陕甘宁边区。

6. 因依：相依相伴。

7. 定省：《礼记·曲礼》："昏定而晨省。"晚上把父母的被褥铺好，早上向父母问安。

8. 铙歌：就是军歌。铙为古军中乐器。

9. 上元运：好运。古代术数家以 60 年为一甲子，第一甲子为上元，第二甲子为中元，第三甲子为下元，合称"三元"。认为上元是向上发展时期。

10. 杖头：此喻老人，作者自谓。

解 析

1945 年 8 月 15 日日寇投降后，中共中央为建立东北解放区，组织在延安的大批干部出关开赴东北。是年冬，李木庵的子女李石涵、李美仪参加这一行动，作者写此诗送行。

首联写儿女离家出征前全家欢聚情景。

颔联劝慰儿女不必为他和家人操心。上句是说，儿女在外的定省之意仍然可以感受得到。下句说我的生活起居你们不必操心。

颈联展望儿女出征后的前程。上句"上元运"，借指正在开辟发展的东北解放区的好时期。下句意思是，东北革命干部群众和军队迈着坚定的步伐，"踏翻燕北天"，推翻华北、东北的国民党反动统治。

尾联寄语儿女多杀敌立功。意思是说，我拄着手杖等待胜利的消息。

此诗以一位革命老人的拳拳殷切之情，劝勉儿女为革命尽力，为国事尽心，是一首正确处理国与家、革命与儿女情关系的爱国诗章。

肝胆相照 匡义济时

挽王秦叶邓诸公遇难诗

陈铭枢

刹海风狂气欲摧，冤禽衔石有由来。

忧深险阻垂危局，天妒英雄卓落才。

乍昧乍明翻恨曙，转沟转壑孰为哀。

嗟吁死者灵犹在，愿化慈云覆九垓。

◆ **注 释**

1. 陈铭枢（公元 1889—1965 年）：字真如，广东合浦（今属广西）人。保定陆军军官学校毕业，同盟会会员。历任国民革命军师长、军长，武汉卫戍司令，广东省政府主席。九一八事变后任京沪卫戍司令兼淞沪总部司令，参加"一·二八"淞沪抗战。1933 年参加由李济深等在福建成立的中华共和国人民革命政府，公开反蒋。曾任民革中央常委。新中国成立后，历任中央人民政府委员、中南行政委员会副主席、全国人大常委会委员、全国政协常委。

2. 王秦叶邓：王若飞、秦邦宪、叶挺、邓发。

3. 刹海：佛家语，犹言水陆。

4. 风狂：喻指自然和政治气候恶劣。

5. 冤禽：精卫，神话中名鸟，传说为上古炎帝女儿落海死后所变，因此要把东海填平，常衔西山的木石填海。

6. 卓落（zhuó luò）：意思是卓荦，高超不凡。

7. 嗟吁：感叹。

8. 慈云：佛家称佛以慈悲为怀，如大云之覆盖世界。

9. 九垓：犹言九重天或九州。

解 析

本诗发表于 1946 年 4 月 19 日《新华日报》追悼"四八烈士"专刊。"四八烈士"，指当时在重庆同国民党谈判的中共代表王若飞、秦邦宪，为向中共中央汇报请示，于 4 月 8 日和新四军军长叶挺、中共中央工委书记邓发、教育家黄齐生等同机返延安，飞机在山西兴县黑茶山失事，不幸遇难，遇难者被称为"四八烈士"。作者对"四八烈士"深感悲痛惋惜，挥泪写成此诗。

首联写诸公为革命矢志奔走而不幸遇难。意谓诸公像精卫一样矢志奔走，是有缘由的。

颔联写诸公为垂危政局而深深忧虑，却遭天公嫉妒而摧折卓落之才。

颈联写诸公在即将破曙时葬身沟壑，令人尤为悲痛。这二句意思是说，在忽暗忽明的征程中刚争到一线曙光，却反被明暗不定的气候所恨，致使英雄抛尸沟壑，真让革命人民无限哀痛。

尾联寄慰诸公精神在中国大地长存。这两句意思是说烈士精神将永存，化为慈云笼罩着中国大地。

此诗语言流畅，对仗工整，多处运用双关语，在沉郁哀悼烈士的同时，充分表达了对革命者的爱和对反动派的恨，爱国之心，跃然字里行间。

砥柱中流　旋转乾坤

南天动乱，适将去国，忆天问军中

李大钊

班生此去意何云？破碎神州日已曛。

去国徒深屈子恨，靖氛空说岳家军。

风尘河北音书断，戎马江南羽檄纷。

无限伤心劫后话，连天烽火独思君。

◆ **注　释**

1. 李大钊（公元 1889—1927 年）：字守常，河北乐亭人。中国共产主义运动的先驱，中国共产党的主要创始人和早期领导人，新文化运动和五四爱国运动的直接组织者和领导者，对中国早期马克思主义的传播和中国共产党的创建起到关键作用。早年留学日本，1916 年回国后，历任北平《晨钟报》总编辑，北京大学教授兼图书馆主任和《新青年》编辑。中国共产党成立后，曾负责北方地区党的工作，并当选为中央委员。1927 年 4 月，在北平被奉系军阀张作霖逮捕，英勇就义。

2. 天问：作者友人郭厚庵。当时在讨伐袁世凯军中服役。

3. 班生：汉代班超。此代指天问。

4. 风尘：指战事。

5. 羽檄纷：指反袁军书不断传来。

此诗写于 1916 年春。当时南方各省为反对袁世凯，纷纷宣布独立，故曰"南天动乱"。作者原在日本东京留学，1915 年为参加讨袁，于年底回国；1916 年春将回日本继续留学，"适将去国"即指此，但不久就辍学回国，投身革命活动。此诗正是 1916 年春作者将再次出国去日本之时，回忆在讨袁军中服役的友人郭厚庵（字天问）而作。

首联写于国事维艰之时，对天问的怀念。借东汉班超投笔从戎到西域去为国立功的典故，来指天问从军一事。这两句是说：天问，你此次去参军心情为何？祖国如落日黄昏，破碎不堪，你的夙愿可否实现？

颔联写作者自己艰难处境和忧愤心情。这两句是说，我怀着报国深情出国留学，到头来都如屈原那样徒有深情，留下满腔怨恨；国内那些讨袁武装，也空传岳家军之名，多不如人愿。

颈联转写当时国内南北的混乱局势。这两句是说，北方战事如风尘弥漫，一切音信都断绝了；南方军书纷传，战争正大规模展开。

尾联回应首联写在国难深重之时，特别思念朋友之情。这两句是说，袁世凯窃国所造成的国家劫难，说起来真让人无限伤心；在这连天烽火之际，我特别想念在军中的你。

此诗融国事、友情、身世为一体，忧国忧民之心跃然纸上，感人至深。全诗所用之词，全为诗家语。说明作者诗词功力厚实，于典雅之中，深蕴爱国之心。

砥柱中流　旋转乾坤

大江歌罢掉头东

周恩来

大江歌罢掉头东，邃密群科济世穷。
面壁十年图破壁，难酬蹈海亦英雄。

◆ **注 释**

1. 大江：宋代苏轼《念奴娇·赤壁怀古》有"大江东去，浪淘尽，千古风流人物"句。这里用"大江"一词泛指气势豪迈的歌曲。

2. 掉头：有力地掉过头去，即转身而去，不再反顾，表示豪情满怀，决心很大。

3. 邃密：深邃严密，引申为深入精研。

4. 群科：社会科学，辛亥革命前后曾称社会科学为"群学"。

5. 济世穷：挽救国家的危亡。

6. 面壁：据《五灯会元》记载，佛教达摩大师住在河南嵩山少林寺修行时"面壁而坐"，终日不语。此借用表示刻苦钻研"群学"的决心。

7. 破壁：南朝梁名画家张僧繇（yóu）在金陵（今南京）安乐寺墙壁上画了四条没有眼睛的龙，他说如画眼睛，龙就要飞走。别人不相信，他就点了两条龙的眼睛，不一会儿雷声大作，轰塌了墙壁，巨龙乘云而去。这就是成语"画龙点睛"

的由来。用此典故表示面壁苦学，是为学成之后，像破壁而飞的巨龙一样，为祖国和人民干一番大事业。

8. 难酬：一作"不酬"，理想难以实现。

9. 蹈海：投海而死。这一句借用近人陈天华留学日本时，为了抗议日本当局驱逐中国留学生和唤起民众的觉悟，投海殉国的事。这句意思是说，如果未能实现理想，投海殉国也是英雄之举。

解 析

此诗作于 1917 年 9 月。周恩来结束中学时代，为寻求革命真理，到日本求学，于出国前夕写下了这首七绝。

首联写作者满怀豪情为匡时济世而出国留学。

尾联表示出国后要刻苦攻读，学习革命志士为救国家危亡而勇于牺牲的精神。

此诗慷慨激昂，抒发了作者匡时济世的壮志，读后令人振奋和深受鼓舞。写法上句句用典，既有古典，也有近典，说明作者功力之深。

砥柱中流　旋转乾坤

长 征

毛泽东

红军不怕远征难，万水千山只等闲。

五岭逶迤腾细浪，乌蒙磅礴走泥丸。

金沙水拍云崖暖，大渡桥横铁索寒。

更喜岷山千里雪，三军过后尽开颜。

◆ 注 释

1. 长征：1934 年 10 月中央红军主力从江西、福建根据地出发，途经赣、闽、粤、湘、桂、黔、滇、川、康（西康）、甘、陕 11 个省份，历经一年，长驱二万五千多里，胜利到达陕北。

2. 五岭：一称南岭，指横亘在江西、湖南、广东、广西四省间的许多山岭。最大的五个岭即大庾岭、骑田岭、萌渚岭、都庞岭和越城岭。

3. 乌蒙：山名，在云南省禄劝彝族苗族自治县东北 280 里，北临金沙江，上有十二峰，雄拔陡绝，盘旋 70 余里。东北走入贵州，称七星山，到湖南界而止，通称乌蒙山脉。

4. 金沙：金沙江，指长江上游自青海玉树至四川宜宾的一段，江流穿过高山峡谷，激流飞瀑，形势十分险要。

5. 大渡：大渡河，在四川省西部，水流湍急。1935 年 5 月下旬，红军在安顺场和泸定桥强渡大渡河。

6. 桥：指大渡河上的泸定桥，在泸定县西城门外，桥长 30 丈左右，由 13 根铁索组成，上铺木板，形势险要，是当时川藏间交通要道。

7. 岷山：是川、青、甘、陕四省的分界山。主脉海拔 5588 米，山顶终年积雪，俗称大雪山。1935 年 9 月 17 日，红军攻占天险腊子口，翻越了岷山。

8. 三军：指中国工农红军的三支主力部队，即中国工农红军第一方面军（中央红军）、中国工农红军第二方面军和中国工农红军第四方面军。

🀫 解　析 🀫

此诗作于 1935 年 10 月。它是对中国工农红军从 1934 年 10 月到 1935 年 10 月所进行的二万五千旦长征这一伟大历史事件的艺术概括，是脍炙人口的壮丽史诗。

首联概括说明红军以大无畏英雄气概征服了万水千山、胜利完成史无前例的远征壮举。

颔联承"千山"，以具有代表性的难关五岭和乌蒙山进行具体行军描写。说明红军是如何征服千山的。意思是说，在英雄的红军眼里，五岭延绵曲折像腾越的小波浪；横亘在云贵边境上的雄伟的乌蒙山也不过像泥球向前滚动。

颈联承"万水"，以最具凶险的金沙江和大渡河加以形象化的景象描写，说明红军能够征服任何凶江险河。

砥柱中流　旋转乾坤

　　尾联写红军翻越岷山，胜利进入甘肃南部的喜悦心情。

　　此诗乃英雄史诗，它写奇瑰之景，叙英雄之事，抒豪迈之情。心中虹霓，腕底烟霞，尽在全诗56字之中。首以"不怕难"为纲，尾以"尽开颜"作结，第二、三联分承"千山"与"万水"，结构严谨，神完气足。无论是风骨、情韵、意象均独擅古今，除非统帅兼诗人，难有此杰作。

卜算子·信是明年春再来

瞿秋白

寂寞此人间，且喜身无主。眼底云烟过尽时，正我逍遥处。
花落知春残，一任风和雨。信是明年春再来，应有香如故。

◆ **注 释**

1. 瞿秋白（公元 1899—1935 年）：江苏常州人。1922 年入党，中国共产党早期领导人之一。中央红军长征后，他留在敌后坚持斗争，不幸被俘，于 1935 年 6 月 18 日在福建长汀高唱《国际歌》和《红军之歌》壮烈就义。瞿秋白还是现代著名的革命文艺理论家、文学家和文学翻译家，《国际歌》的译者。有《瞿秋白文集》。

2. "寂寞"句：喻指革命受到挫折，自己身处狱中。

3. "且喜"句：可喜的是自己并没有投降敌人，投靠一个主子。

4. "眼底"二句：古人认为人生的经历如眼底烟云，转眼即逝。过尽时，当指受刑就义时。逍遥，有自得其乐、死得其所之意。

5. 花落：喻自己被捕。

6. 春残：喻革命处于低潮。

7. 风和雨：比喻敌人的残害。

8. "信是"二句：相信明年春天再来时，春花仍将怒放，依然

砥柱中流 旋转乾坤

馨香如故。喻革命事业必将重新兴起，迎来胜利。

解 析

此词为 1935 年在长汀狱中所作。据《新文学季刊》总第 6 期发表的周红兴文章介绍，瞿秋白在狱中遗留不少诗词，可以确证为其所作的有 7 首。这首《卜算子》便是其中之一。

此词从形式上看，乃依韵和宋代陆游《卜算子·咏梅》。从内容上看，则大异其趣。陆游所表现的是旧时文人的孤芳自赏；瞿秋白所展现的是革命者身处绝境的乐观主义精神和对革命事业必胜的坚定信念。结句陆游词为"只有香如故"，表达的是年老报国无门的无可奈何的心境；瞿秋白词为"应有香如故"，表达的是对革命事业必胜的坚定信念。"只"和"应"一字之差，其精神境界则迥然有异。

【附】《卜算子·咏梅》

陆 游

驿外断桥边，寂寞开无主。已是黄昏独自愁，更着风和雨。

无意苦争春，一任群芳妒。零落成泥碾作尘，只有香如故。

人民解放军占领南京

毛泽东

钟山风雨起苍黄，百万雄师过大江。

虎踞龙盘今胜昔，天翻地覆慨而慷。

宜将剩勇追穷寇，不可沽名学霸王。

天若有情天亦老，人间正道是沧桑。

◆ 注 释

1. 钟山：即紫金山，在南京市玄武区。周围 60 里，高 150 丈。
   诸葛亮说："钟山龙蟠。"

2. 风雨：犹言风云，指变幻莫测的战争形势。

3. 苍黄：同"仓皇"，即突然的意思。

4. 雄师：此指英勇无敌的人民解放军。

5. 虎踞（jù）龙盘：形容地势雄壮。三国时诸葛亮看到吴国都
   城建业（今南京市南）的地势曾说："钟山龙蟠，石头虎踞，
   此帝王之宅。"石头，即石头山，在今南京市西。

6. 慨（kǎi）而慷：感慨而激昂。曹操《短歌行》："慨当以慷。"

7. 剩勇：余勇。形容人民解放军经过三大战役，仍有勇气。

8. 穷寇：走投无路的敌人。《后汉书·皇甫嵩传》："兵法（指
   《司马兵法》），穷寇勿追。"这里反用其意，号召将革命进
   行到底，把敌人全部消灭掉，不留后患。

9. 沽名：故意做作或用某种手段猎取名誉。

10. 霸王：指项羽。项羽（曾自封西楚霸王）和刘邦（后来的汉高祖）同时起兵反秦。项羽当时为了避免"不义"之名，没有利用优势兵力消灭刘邦，后来反为刘邦所消灭。

11. 天若有情天亦老：借用唐代李贺《金铜仙人辞汉歌》中诗句，原诗说的是汉武帝时制作的极贵重的宝物金铜仙人像，在三国时被魏明帝由长安迁往洛阳的传说。其意是，对于这样的人间恨事，天若有情，也要因悲伤而衰老。这里是说，天若有情，见到国民党反动统治的黑暗残酷，也要因痛苦而变衰老。

12. 人间正道：社会发展的正常规律。

13. 沧桑：沧海变为桑田，喻变化巨大。这里指革命性的发展变化十分迅速而巨大。

解　析

　　此诗风格豪放，笔意雄奇，饱含哲理，叙事与议论结合紧密，活用典故。全诗前四句着重于叙事，后四句主要是议论。

　　首联描绘了解放军解放南京战役的宏伟场面，统领全诗。

　　颔联进一步赞颂了南京解放取得的历史性胜利。"今胜昔""慨而慷"，抒发了南京解放的革命豪情。

　　颈联是全诗的主旨和灵魂。诗人以昔日西楚霸王项羽失败的典故为教训，警示不能像项羽那样放松警惕，必须善始善终，将革命进行到底。

尾联运用辩证唯物主义和历史唯物主义的观点，对全诗的思想作了哲理性的总结。诗人引用唐代大诗人李贺的"天若有情天亦老"的诗句，推陈出新，表明新事物必将战胜旧事物的哲学道理。

此诗创作于人民解放军占领南京的当天。1949年4月20日，人民解放战争经过三大战役已进入尾声，国民党军队全线溃败，但却拒绝在和平协定上签字。4月21日，毛泽东和朱德发出《向全国进军的命令》，号令全军坚决、彻底、干净、全部地歼灭中国境内一切敢于抵抗的国民党反动派，解放全中国。当夜，中国人民解放军百万雄师在东起江苏江阴、西至江西湖口的1000余里的战线上分三路强渡长江。23日晚，东路的第三野战军占领南京。毛泽东听到这个消息后欢欣鼓舞，于是写下了这首诗。

砥柱中流　旋转乾坤

自洪湖脱险抵上海作

谢觉哉

百日难已过，百日后如何？
黄浦翻寒浪，洪湖惜逝波。
热血漫天洒，愁云匝地峨。
此心犹耿耿，未惜鬓毛幡。

◆ **注　释**

1. 谢觉哉（公元 1884—1971 年）：原名维鋆，字焕南，别号
   觉斋，笔名觉哉，湖南宁乡人。1925 年加入中国共产党。
   1934 年参加长征。1935 年后任中央工农民主政府内务部部
   长、司法部部长等职。全面抗战爆发后任八路军驻兰州办事
   处代表。解放战争时期担任法律方面领导职务。新中国成立
   后历任中央人民政府内务部部长、最高人民法院院长、全国
   政协副主席。是杰出的中国无产阶级革命家。有《谢觉哉文
   集》等。

2. 翻寒浪：喻白色恐怖。

3. 惜逝波：叹惜洪湖苏区的丧失。

4. 愁云匝地峨：字面意思是革命群众愁云从地面到高空环绕，
   喻革命群众忧心之重。

作者原注："一九三二年十二月三十一日，我由洪湖苏区脱险抵上海。计从被俘到脱险恰一百日。终日危坐，作诗自遣，默记于心。到上海录出来，名《百日草》，放在一位朋友家里找不到了。仅记得最后一首，即到黄浦江上岸时作的。"此首五律即是《百日草》中最后一首。

首联写自己遇险经历和对今后革命事业的忧虑。

颔联写革命事业所受到的挫折。

颈联进一步写革命形势的艰难。

尾联抒发作者对革命事业忠贞不渝，到老都保持坚定信念和乐观精神。

此诗语言酣畅，对仗工整，比喻贴切，充满感人的力量，一位老革命家的形象跃然纸上，令人敬仰有加。

砥柱中流　旋转乾坤

梅岭三章

陈　毅

一九三六年冬，梅山被围。余伤病伏丛莽间二十余日，虑不得脱，得诗三首留衣底。旋围解。

（一）

断头今日意如何？创业艰难百战多。

此去泉台招旧部，旌旗十万斩阎罗。

（二）

南国烽烟正十年，此头须向国门悬。

后死诸君多努力，捷报飞来当纸钱。

（三）

投身革命即为家，血雨腥风应有涯。

取义成仁今日事，人间遍种自由花。

◆　注　释

陈毅（公元 1901—1972 年）：字仲弘，四川乐至人。早年赴法勤工俭学，1923 年加入中国共产党。南昌起义后，历任工农革命第四军军委书记、政治部主任以及江西军区司令员兼政委等职。1934 年 10 月中央主力红军长征后，奉命留在南方坚持游击战争。抗日战争时期，历任新四军第一支队司令员，新四军代军长、军长。解放战争时期，先后任山东野战军司令员、华东野战军司令员兼政委、第三野战军司令员兼政委、中共中央中原局第二书记等职。新中国成立后，历任华东军区司令员兼上海市市长、中共中央华东局第二书记、国务院副总理兼外交部部长、中共中央政治局委员、中央军委副主席、全国政协副主席等职。1955年被授予元帅军衔。能诗，郭沫若对他有"将军本色是诗人"之誉。有《陈毅诗词选集》等。

📖 解　析

　　梅岭在赣粤边界大庾岭上大梅关东侧，此地多梅。此诗写作背景已在序中说明。

　　第一章大意是说，被敌人杀头的可能随时都有，即使死了，我也要到阴曹地府召集已牺牲的部下，发动10万人杀掉阎罗王。表达了革命到底的意志。

　　第二章大意是说，从1926年参加北伐至1936年坚持游击战已整整10年，如果我被害，就把头悬在国都之门上眼看敌人的最后灭亡；希望后死的同志们努力杀敌，把革命捷报当祭奠我的纸钱。表达了坚信革命必胜的乐观主义精神。

　　第三章大意是说，从投身革命之日起即以革命为家，血雨腥风的岁月总是有尽头的，今日为革命献身，就是为了共产主义的自由之花在人间遍地开放。表达了革命理想和坚定信念。

　　《梅岭三章》写于最艰难的革命岁月，深切动人地表达了作者为人民革命事业彻底献身的意志、视死如归的乐观主义精神和坚定的理想信念，至今教育和鼓舞着人们为建设社会主义现代化国家而努力奋斗。

砥柱中流　旋转乾坤

西安得林老信再次前韵

董必武

帝都自古说长安，气象恢闳有万千。

晨夕满空鸦噪阵，边城到处虎当关。

北来短札光如电，东望中原气若山。

高屋建瓴秦地险，不驱倭寇愧前贤。

◆ 注 释

1. 董必武（公元1886—1975年）：湖北黄安（今红安）人。早
   年参加辛亥革命。中国共产党建党时期党员，中共一大代
   表，伟大的无产阶级革命家。新中国成立后，曾任中央人民
   政府政务院副总理，最高人民法院院长，国家副主席、代理
   主席，全国人大常委会副委员长等职。

2. 恢闳：同"恢宏"。博大，宽宏。

3. 高屋建瓴（líng）：在屋顶上把瓶中的水往下倒。形容居高
   临下，势不可当。

〖 解 析 〗

　　此诗作于1940年11月，正值蒋介石准备发动"皖南事变"的
前夕。当时董必武在西安，接到林伯渠来诗，曾两次步韵和诗，此

首为第二首和诗。

首联写古都西安的雄奇壮观的景象，为后文抒情作铺垫。

额联的"鸦噪阵"和"虎当关"喻指敌人的反共叫嚣和对边区的军事包围与经济封锁。

颈联写边区人民的抗日热情和昂扬斗志。这两句意思是说，从陕北延安来的信札消息如光电照亮、鼓舞人心，东望黄河中下游，太行山一带抗日斗争气壮山河。

尾联表达作者不畏艰险，誓把日寇驱逐出国门的坚定信念。

此诗由景及情，寓情于景，境界开阔，感情激越。诗人以满腔义愤抨击国民党顽固派消极抗日、积极反共行为，热情歌颂我党领导下的陕甘宁边区及华北抗日根据地的人民的高昂斗志，表达了誓把日寇赶出中国的坚定信念。"不驱倭寇愧前贤"，爱国豪情，震古烁今。

太行春感

朱 德

远望春光镇日阴，太行高耸气森森。
忠肝不洒中原泪，壮志坚持北伐心。
百战新师惊贼胆，三年苦斗献吾身。
从来燕赵多豪杰，驱逐倭儿共一樽。

◆ **注 释**

1. 朱德（公元 1886—1976 年）：字玉阶，四川仪陇人。伟大
   的无产阶级革命家，中国人民解放军和中华人民共和国缔造
   者之一。早年加入孙中山领导的同盟会，后参加辛亥革命。
   1922 年赴德国留学，同年加入中国共产党。1927 年参加领
   导著名的南昌起义，后上井冈山，与毛泽东率领的秋收起义
   部队会师。新中国成立后，历任国家副主席、中共中央军委
   副主席、全国人大常委会委员长等职。1955 年被授予元帅
   军衔。他在戎马生涯中，写了许多诗篇，有《朱德诗选集》
   出版，收诗 89 首。

2. 镇日：整日。

3. 新师：指共产党领导的八路军和新四军。

4. 燕赵：战国时燕国和赵国两国。亦泛指其所在地区，即今河
   北省北部和山西省西部一带，相传为多出豪杰之地。

解　析

此诗作于 1939 年春，作者时任八路军（后改称第十八集团军）总司令，正率领八路军与日本侵略军转战于山西省太行山区。

首联写景，以春天整日阴沉的天气和太行山森严的气象喻指当时抗战形势还相当严峻。

颔联明志，表示要奋起抗敌的决心。意思是说，我们胸怀忠肝决不因中原沦陷流泪，而是像当年岳飞坚持北伐一样抗战到底。表明中国共产党和党所领导的军民抗日的决心。

颈联记事，记述八路军、新四军 3 年百战的战绩。1937 年，中国共产党为了团结抗日，改编在陕北的红军为国民革命军第八路军，后又把在江南的人民武装改编为新四军。这两句意思是说，八路军、新四军百战抗敌，尤其八路军平型关大捷使日寇魂飞魄散；全面抗战 3 年，军队已发展到近 50 万人，收复县城 150 座，军民都作出了英勇牺牲。

尾联寄希望于发扬自古燕赵多豪杰的传统，驱逐日寇，共庆胜利。

此诗充满爱国豪情。"忠肝不洒中原泪，壮志坚持北伐心"，尤为感人肺腑。写景、叙事、明志、抒情，各有所凭，又融为一体，深得为诗之旨。朱德一生戎马，又有诗词造诣，剑胆琴心，令人高山仰止。

送董老赴京(其一)

徐特立

双足何时息，前瞻路尚赊。

吾华警烽火，四海斗龙蛇。

不拟霜同鬓，唯将国作家。

轺车驶京邸，秋菊正开花。

◆ 注　释

1. 徐特立(公元 1877—1968 年)：又名立华，湖南长沙人。曾先后创办长沙师范学校(任校长)、长沙女子师范学校(任校长)。1919 年赴法勤工俭学，大革命失败后加入中国共产党，参加南昌起义。1934 年参加长征。新中国成立后任中央人民政府委员、全国人大常委会委员。在中共七大和中共八大上均当选为中央委员。

2. 京：此指重庆，当时国民党以重庆为陪都。

3. 赊(shē)：远。暗指革命成功的路还很远很长。

4. 警烽火：古代在边地筑台，看到有敌入侵，便燃烟(白天)或举火(夜晚)告警。这里指日寇侵略。

5. 斗龙蛇：指 1939 年 9 月，德国纳粹军队进攻波兰，英、法被迫对德宣战。

6. 轺(yáo)车：古代使者坐的车子。

7.京邸（dǐ）：指八路军驻渝办事处。

解　析

　　此诗作于1940年10月。当时董必武由延安到重庆出席国民党召开的国民参政会，作者作此诗送行。1938年10月武汉失守后，抗战进入相持阶段。日寇对国民党的方针由军事进攻为主转为政治诱降为主。12月，国民党副总裁、行政院院长汪精卫等公开叛国投敌，蒋介石等也变为消极抗战，积极反共反人民，于1939年冬至1940年春掀起第一次反共高潮。董必武这时赴重庆出席国民参政会，就是为了坚持抗战，要同国民党顽固派和投降派作坚决斗争。

　　首联描写董必武不管革命道路多么漫长，总是为国家为民族日夜奔劳，双足不停。

　　颔联回望当时中国抗日和全世界反法西斯斗争的严峻形势。

　　颈联赞颂董必武忘掉年老，以国为家，为国为民。意思是说，董必武不愿以霜的白色来比自己的白发，把自己的全部身心贡献给国家。

　　尾联以象征手法褒扬董必武代表党去重庆出席国民参政会，正像傲霜秋菊，老当益壮。

　　这首五律为送行赠诗。但与古代送行诗不同的是，不局限于私人间绵绵情感，所抒发的是革命战友间的为国为民的崇高胸襟。全诗格律严谨，语言流畅，交替使用借代、比喻、象征等修辞手法，生动感人，真切表达了作者对董必武的无限深情。

砥柱中流　旋转乾坤

延水雅集赋呈与会诸君子

林伯渠

十年挟策费调停，待整金瓯拱宿星。
抗敌计无分畛域，匡时论共契兰馨。
边城重寄期安堵，盛会嘉宾喜满庭。
四野风多秋气健，及时樽酒慰遐龄。

◆ 注 释

1. 林伯渠（公元 1886—1960 年）：名祖涵，湖南安福（今临
   澧）人。中国无产阶级革命家。早年参加同盟会，1921 年
   加入中国共产党。在帮助孙中山确定联俄、联共、扶助农工
   三大政策和改组国民党的工作中起了积极作用。北伐战争时
   期，在国民革命军第六军主持政治工作。1927 年参加南昌
   起义，后去苏联学习。1932 年回国，参加了二万五千里长
   征。1937 年任陕甘宁边区政府主席。中共六届六中全会上
   当选为中央委员，中共七大上当选为中央政治局委员。新中
   国成立后，任中央人民政府秘书长。1954 年当选为全国人
   大常委会副委员长。有《林伯渠同志诗选》。

2. 十年：指从 1933 年 1 月 17 日中华苏维埃工农红军军委会
   发表关于调停国内各派势力、争取一致抗日的宣言至此次
   延水雅集大约 10 年。

3. 挟策：手持简策，喻指手持团结抗日宣言，坚持不懈地进行统战工作。

4. 整金瓯：指恢复被日寇侵占的国土。

5. 拱宿星：拱卫北极星，比喻各派势力围绕着中国共产党，在党的领导下进行抗日。

6. 畛（zhěn）域：界限。

7. 匡时论：匡救时局的议论，即有关抗日救国的主张。

8. 契：契约。共契是联合之意。此亦指契合，共同缔建高雅之言论。

9. 兰馨：兰香。此喻文论之高雅。

10. 边城：指陕甘宁边区。

11. 重寄：重任，当时林伯渠任陕甘宁边区政府主席。

12. 安堵：指安居、安定。

13. 遐龄：高龄，老年。当时参加雅集的均是60岁以上的文化人。

解析

　　此诗作于1941年9月5日。当时陕甘宁边区政府主席林伯渠和边区参议会副议长谢觉哉联名宴请民间60岁以上的文人墨客十余人聚会联欢。林伯渠发起组织"怀安诗社"，并推定陕甘宁边区政府高等法院院长李木庵主持其事，闻者遂称此会为"延水雅集"，以与晋代王羲之的"兰亭雅集"媲美。组织怀安诗社的目的是根据党的统一战线政策，团结分散在民间的文化人，共同宣传抗日。

砥柱中流　旋转乾坤

首联写当时团结抗日的国家大势。这两句是说，10 年来手持团结抗日宣言，不断调停团结各方抗日力量，待驱除日寇后，共同团结在中国共产党领导之下，重整国家。

颔联写延水雅集组织怀安诗社的宗旨和目的，即根据党的统一战线政策，团结各界文化人士，共同宣传抗日。这两句意思是说，诗社团结抗日人士不分界限，大家共同发表有关时局的美好言论。

颈联正面写雅集的豪情与盛况。这两句意思是说，我在陕甘宁边区身负重任是期望人民安居乐业，今天恰是盛会，嘉宾满堂喜悦。

尾联写清爽的气候环境与热烈的欢乐气氛。

此诗立意高远，抒情浓烈，语言典雅，格律谨严。陈毅同志说："林老诗情高韵美，可以传世。"

忆杨闇公同志

吴玉章

锦城五一树红旗，革命风云壮华西。
为救万民于水火，不辞千里转成渝。
打枪坝上留英迹，扬子江心系健儿。
血沃鹃花红四野，巴山蜀水现神奇。

◆ **注　释**

1. 吴玉章（公元 1878—1966 年）：原名永珊，字树人，四川
   荣县人。早年参加孙中山领导的同盟会和辛亥革命。1915
   年组织留法勤工俭学会，1925 年加入中国共产党，1927 年
   参加八一南昌起义。历任延安鲁迅艺术学院院长、延安大学
   校长、中国人民大学校长等职。有《辛亥革命》一书。

2. 杨闇（àn）公：四川潼南（今属重庆）人。中共四川地方
   组织创建人之一。1923 年，与吴玉章组织中国青年共产党。
   1927 年被蒋介石勾结四川军阀刘湘等逮捕杀害。

3. 锦城：锦官城，指成都。

4. 五一树红旗：指 1924 年 5 月 1 日，中国青年共产党和社会
   主义青年团在成都召开的追悼列宁的群众大会。军阀杨森调
   集军队包围会址，扬言要捉吴玉章。与会者不畏强暴，按时
   开会，杨闇公作了题为《国际帝国主义侵略中国的情形》的

长篇讲话。

5. 华西：四川在中国西南部，故称华西。

6. 打枪坝：地名，在重庆。

7. 扬子江心系健儿：北伐期间，杨闇公与朱德、刘伯承等组织顺庆、泸州起义，被四川军阀镇压；杨闇公在打枪坝召开群众大会，声讨军阀罪行，被血腥镇压。打枪坝群众大会遭镇压后，杨闇公化装出走，被刘湘等派在轮船上潜伏的特务逮捕。这就是"扬子江心系健儿"。

8. 血沃鹃花：以血浇灌杜鹃花。杜鹃花又名万山红，象征革命的形势如火如荼、蓬勃发展。

解 析

此诗作于 1962 年，为纪念战友杨闇公殉难 35 周年而作。

首联回忆 1924 年蓬勃发展的四川革命形势。

颔联歌颂杨闇公革命事迹，说杨闇公为解放水深火热中的人民奔走于成都与重庆之间。

颈联回顾杨闇公等领导的革命遭受挫折以及被捕情景。

尾联赞美杨闇公为革命而牺牲的崇高气节和对四川革命的重大影响。这两句意思是说，杨闇公的血并没有白流，将促进中国革命进一步发展，四川也因有杨闇公这样的革命英雄而越发神圣和灵奇。

此诗巧于铸词，工于对仗，善于设喻，又通俗易懂，非高手难臻此绝唱。"血沃鹃花红四野，巴山蜀水现神奇"，于不经意中把杨闇公的革命英雄事迹表现得淋漓尽致，感人至深。

出益州

刘伯承

微服孤行出益州，今春病起强登楼。
海潮东去连天涌，江水西来带血流。
壮士未埋荒草骨，书生犹剩少年头。
手执青锋卫共和，独战饥寒又一秋。

◆ **注　释**

1. 刘伯承（公元 1892—1986 年）：原名明昭，四川开县（今
   重庆市开州区）人。青年时代投身辛亥革命和反对北洋军阀
   的战争，曾任国民革命军四川各路总指挥、暂编第十五军军
   长。1926 年加入中国共产党。参加领导南昌起义。后赴苏
   联学习军事，回国后，历任中央军委委员、长江局军委书
   记、中央军委总参谋长等职。抗日战争时期，任八路军第
   一二九师师长。解放战争时期任第二野战军司令员。新中
   国成立后，先后任西南军政委员会主席、中共中央军委副
   主席、全国人大常委会副委员长等职。1955 年被授予元帅
   军衔。
2. 微服：隐藏军人身份而穿平民服装。

◆ 解 析

此诗作于 1914 年春天。1913 年 9 月，四川讨袁军队失败，刘伯承被四川都督胡文澜列入通缉名单，被迫潜回开县老家，藏在小华山一乡民家养伤，但仍时时关注时局的发展。1914 年春天，得知原蜀军第五师一些将士到了上海，便决定前往相会，探寻革命道路，乘舟东下过三峡时，有感于怀，写成此诗。

首联写在山中养伤以及微服出四川的情景。

颔联借景抒怀，揭露反动势力对革命党人的血腥屠杀，江水带着鲜血从西流来，大批革命志士像海潮一样云集上海又将掀起一场新的革命风暴。

颈联表明革命志士是杀灭不尽的，自己将继续与反动势力决战到底。

尾联重申捍卫共和的夙愿。意思是说，手握青锋剑捍卫共和政体民主革命的胜利之果，奔赴上海就是新一轮斗争的开始。

此诗抒写革命的艰难历程和捍卫民主革命的决心，境界壮阔，情调苍凉悲壮，体现了作者投身革命、报效祖国的伟大志向和决心。

重读毛主席《论持久战》

叶剑英

百万倭奴压海陬，神州沉陆使人愁。
内行内战资强虏，敌后敌前费运筹。
唱罢凯歌来灞上，集中全力破石头。
一篇持久重新读，眼底吴钩看不休。

◇ **注　释**

1. 叶剑英（公元 1897—1986 年）：原名宜伟，字沧白，笔名
   剑英，广东梅县（今梅州）人。早年曾入云南陆军讲武堂学
   习，后追随孙中山从事民主革命，参与创建黄埔军校，参加
   东征和北伐。1927 年加入中国共产党，同年参与南昌起义
   的准备、参加领导广州起义。1931 年进入中央苏区，曾任
   中央军委委员兼总参谋部部长等职。红军长征中，任红军前
   敌总指挥部参谋长等职。抗战时期，任八路军参谋长、八路
   军驻南京代表等职。抗战胜利后，协助周恩来同国民党谈
   判。后任北平军事调处执行部中共代表、中共中央后方委员
   会书记、军委副总参谋长、中国人民解放军总参谋长、广州
   市市长、中共中央华南分局第一书记、广东军区司令员兼政
   委等职。新中国成立后，历任中央军委副主席、国防部部
   长、全国人大常委会委员长、中共中央副主席、中央政治局

砥柱中流　旋转乾坤

常委等。为新中国十大元帅之一。有诗集《远望集》。

2. 海陬：海边。

3. 沉陆：陆沉，喻指国土沦陷。

4. 凯歌：指抗战胜利。

5. 灞上：在今陕西省西安市长安区境内。借刘邦驻兵灞上赴"鸿门宴"的典故，比喻毛泽东1945年8月赴重庆谈判。

6. 破石头：蒋介石政权所在地方南京又称石头城，此指打倒蒋介石反动统治。

7. 吴钩：是古宝剑（也可指宝刀）名，这是把《论持久战》比为指导革命战争的利器。

解 析

此诗1965年9月4日作于大连棒槌岛，为纪念抗日战争胜利20周年而作。《论持久战》，毛泽东论抗日战争的著作，见《毛泽东选集》第2卷。

首联回忆当年日寇入侵我国时的危急形势。

颔联写抗日统一战线内部国共双方的不同表现，形成强烈对比。蒋介石消极抗日，积极反共，为"内战内行，外战外行"，实际是帮助日寇强敌；而毛泽东为抗日战略战术的决策费尽心机。

颈联歌颂抗战胜利后，毛泽东的非凡战略举措。

尾联点题，说明《论持久战》一文对指导中国革命战争有巨大意义。这两句意思是说，重新阅读《论持久战》这篇巨著，深感它蕴含的深刻思想、谋略，它对中国革命战争的指导意义，永远看不够、学不完、用不完。

毛泽东在给陈毅的一封信中说："叶老精于七律。"以诗的形式来写政论文的读后感，必须有高瞻远瞩的眼光、纳须弥于芥子的概括手段，否则难以胜任。叶剑英这首七律可谓两者兼具，深得以诗论文的精髓。